傲慢社長の嘘つきな恋情
～逃げた元秘書は甘い執愛に囚われる～

目次

傲慢社長の嘘つきな恋情
~逃げた元秘書は甘い執愛に囚われる~

プロローグ

デスク上の私物をまとめた段ボール箱と、退職祝いの花束を見下ろして、市原瀬那《いちはらせな》はやっと最後の業務が終わったことを実感する。

大学卒業から就職して六年——決して短くはない時間を過ごした秘書室を改めて見回した。

デスクが整然と並び、壁際にはキャビネットが備え付けられている。いくつかのパーティションで仕切られたフロアは機能的に整えられ、清潔感のある職場だった。

この場所で、瀬那は社会人としての基礎を叩き込まれた。時に厳しく、時に優しく指導してくれた先輩たちには感謝しかない。

普段は室長を含め十五名ほどの人間が職務につき、それなりに賑《にぎ》やかなこの場所も、今はひっそりと静まり返っている。

それもそのはずで、終業時間はとうの昔に過ぎていた。今、秘書室に残っているのは、今日付けで退職する瀬那一人だけ。

苦楽を共にした仲間たちとは、先週のうちに送別会を済ませている。だから、今日の別れはからりとして、笑いに満ちたものだった。

夢を叶えるために退職する瀬那を、激励と共に見送ってくれた人々の顔を思い出せば、瀬那の表情も柔らかなものに変わる。

その中で、ただ一人だけ仏頂面《ぶっちょうづら》を晒《さら》していた男——その男のせいで、今日で最後だというのに、瀬那はこんな時間まで残業する羽目になっていた。

最後の最後まで迷惑をかけてくれる男の端整な顔を思い浮かべて、瀬那は大きく息を吐く。

——荷物はまとめ終わったし、頼まれた書類も片付けた。

後はあの男に退職の挨拶《あいさつ》をして、押し付けられたこの仕事を渡せば、ここでの瀬那の仕事は本当に終わる。

瀬那は小さく気合を入れると書類ケースを手に秘書室を出て、男のいる役員室に向かって歩む。

終業時間を過ぎた今、役員室の並ぶ廊下の電灯は絞られて、ひっそりと静かだった。

そこに瀬那の靴音だけが反響する。

ほどなくして辿《たど》り着いた部屋の前で、瀬那は再び小さく息を吐き出して気持ちを整える。

扉をノックするが、返事はない。だが、この部屋に男が在室していることを、瀬那は知っていた。

中の男の不機嫌さを表す無言の行動に、瀬那の唇から苦笑が漏れる。

——いまだにあの男は、私の退職に納得していないらしい。

それでも瀬那は今日、この場所を去る。それは最初から決まっていたことで、もうすべての手続きは済んでいた。いくらあの男が騒いだところで、この結果を覆《くつがえ》すつもりは瀬那にはない。

——だって、ずっと叶えたい夢だったんだもの。

心の中でそう呟いて、瀬那はもう一度、扉をノックする。

「失礼します」

今度は返事を待たずに扉を開けた。

鍵はかかっておらず、扉はすんなりと開く。部屋の中は照明が落とされていた。

それはある意味いつもの光景だったが、瀬那はその中に普段と違うものを見つけて、足を止めた。

壁一面に取られた大きな窓から差し込む月明かりと、高層ビル群が放つ星屑《ほしくず》のような明かりが、部屋の中を淡く照らしている。物の形がうっすらと浮かび上がるだけの部屋の中で、小さな赤い火と紫煙《しえん》がたなびくのが見えた。遅れて、煙草《たばこ》の独特な匂いが漂《ただよ》ってくる。

――煙草《たばこ》？

六年という時間を一緒に過ごしたが、この上司が煙草《たばこ》を吸っているのを初めて見て、瀬那は意外な思いに目を瞬《またた》かせる。

瀬那の立つ出入り口から、男の姿は見えない。大きなデスクチェアの背とその肘掛けに置かれた指の先の、赤く燃える火だけが見えた。

瀬那は男の姿が見える位置まで歩み寄る。男――瀬那の直接の上司であった西園要《にしぞのかなめ》は、無表情で目の前に広がる夜景を見下ろしていた。

瀬那が傍に来たことに気づいているはずなのに、その視線がこちらを向くことはない。

頑《かたく》なな男の態度に苦笑を漏らして、瀬那も夜景に視線を向ける。

高層階のビルから夜景を見下ろすと、一瞬自分が宙に浮いているような錯覚を覚えた。

宝石箱をひっくり返したようなとよく表現されるが、確かに都会の夜景は様々な色が明滅を繰り返し、見飽きるということがない地上の宝石箱のようだ。天上の星々よりも輝いて見える。

今宵は、十六夜《いざよい》の月。望月《もちづき》ではないことを恥じるようにゆっくりと昇り始めた月が、高層ビル群の狭間《はざま》から顔を出していた。

——何度こうして、この人と夜景を見ただろう？

白く輝く月を見つめる瀬那の胸に、ふとそんな思いが過《よぎ》った。

仕事で行き詰まり思案にくれる時、疲れている時など、要はこうして黙って夜景を眺める癖があった。彼にとってその時間が、とても重要なものであることを瀬那は知っている。

それは、この忙しい男にとって、唯一の休息の時間でもあった。

——いつからだっただろう？　二人で夜景を眺めるようになったのは——

夜景を眺める時間を邪魔されることを要はひどく嫌う。だから、この時間は誰も彼の傍に近寄れなかった。けれど、いつの頃からか、瀬那だけは傍にいることを許された。

むしろ、一緒にいることを求められるようになった。

会話もないまま、ただ静かに夜景を眺める時間——それは濃密な記憶として瀬那の胸に刻まれている。互いの沈黙を受け入れる時間は、幾百の言葉を重ねるより余程、二人の関係を強く結び付けた気がしたからかもしれない。

——もう、ここで一緒に夜景を眺めることもないのか。

新しい門出《かどで》に期待で膨らんでいた胸に、感傷にも似た寂しさが過《よぎ》った。それを振り切るように、瀬那は夜景から要に視線を戻す。

男は相変わらず、無表情で夜景を眺めていた。窓から差し込む月明かりに、その端整な美貌が仄《ほの》かに浮かび上がる。緩くウェーブのかかるアッシュブラウンの髪。祖母がイタリア系の日本人であるせいか、その目鼻立ちは普通の日本人よりも深く整っている。意志の強そうな眉に、ブラウンの切れ長の目、高く通った鼻梁《びりょう》から薄い唇の配置は絶妙で、成熟した男の色気を漂《ただよ》わせている。

要の美貌を見るたびに思う――彼は神が丹精込めて作り上げた芸術品の一つではないかと。そう思ってしまうほどに、要は美しい。

――でも、せっかくの美貌も、その性格の悪さが台無しにしてるけどね。

心の中でため息交じりの悪態をつく。確かに要は美しい。だが、その性格の悪さに振り回されてきた瀬那にとっては、憎たらしいばかりだ。

退職日にまで残業をさせられたとあっては、その思いはいや増している。

瀬那は要の顔を見下ろして、「西園専務」と呼びかけた。これまでの鬱憤《うっぷん》が呼びかける声に滲《にじ》んでいる。しかし、要の視線が瀬那を向くことはなかった。

無反応な相手に構わず、瀬那は頼まれていた書類の入っているファイルケースを彼の膝の上に載せた。

そこでやっと要の綺麗な眉が寄せられて、不快さが表情に表れる。

「頼まれていた新しい秘書候補のプロフィールです」

瀬那の言葉に、要は眉を寄せたまま膝の上に置かれた書類ケースの表紙にちらりと視線を向け、再び夜景に視線を戻した。

「却下」

短い一言が返されて、瀬那の額に青筋が浮く。

――見もしないで、何言ってるのよこの男は！

昨日要は、瀬那が完璧に引き継ぎを終わらせた三名の選《え》りすぐりの女性秘書を、自身へのセクハラを理由に業務から外した。

突然のことに瀬那たち秘書室一同は混乱し、要の説明に唖然とした。

特に瀬那は、彼女たちを推薦した時の、満足そうな要の姿を覚えている。美女を侍《はべ》らせてご機嫌だったのは誰だ！　むしろ要が、彼女たちにセクハラをしたと言われた方が、よっぽど納得できた。

わがままな男のために、容姿もキャリアも優れた女性たちを口説き落としたというのに、瀬那の苦労はあの一瞬で、すべて灰燼《かいじん》と帰《き》した。

そして、今日――新しい秘書の選別を命じられた。今まさに帰ろうとしていた瀬那を引き留めての命令に、瀬那を含めた周囲は呆気にとられた。

あの瞬間、よく自分の血管は、怒りでぶち切れなかったと瀬那は思う。

もう今日で退職なのだから、そんな命令は無視して帰ってもよかったのだが、そこで瀬那の負けず嫌いな性格が顔を出した。最後まできっちりと勤め上げたことを証明して辞めたかった。だからこそ、要の命令を引き受けたのだが、それが間違いのもとだった。

彼が新しい秘書に出した条件は、とんでもないものばかりだった。こんな短時間で見つけられるか！　と思ったが、一人に絞らず数人で補えるように時間をかけて候補を絞った。おかげで退職日だというのに、こんな時間まで瀬那は残業する羽目になった。秘書室の幾人かの手を借りて、先ほどようやく納得できる人選が終わったところだった。

――だというのに、この男は！

湧き上がってくる怒りを宥《なだ》めるために、瀬那は深呼吸する。

――落ち着け瀬那。怒るだけ無駄だ。

「子どもですか？　何が気に入らないんです？」

瀬那の問いに、要が初めてこちらを見た。

男のブラウンの瞳が、瀬那を真っ直ぐ射貫いてくる。その視線の強さに、瀬那は一瞬たじろぐが、負けずに睨《にら》み返す。

子どものように駄々をこねている男に、負けるわけにはいかないのだ。しばし、二人の視線の間で火花が散る。

「……気に入るわけがあるか」

要がようやくその重い口を開いた。

「何が？」

「お前がいるのに、何故、今更新しい秘書を雇う必要があるんだ？」

要の言葉に瀬那は、怒っていたことも忘れて、苦笑が零れそうになる。

たった一言で、瀬那の心を捕らえるのだから、この男はずるい。

――全くこの人は……

肩を竦《すく》めて、瀬那はまるで子どもに言い聞かせる母親のように、優しい口調で要に話しかける。

「必要はありますよ。私は今日で退職します。手続きもすべて終わっています。専務が何をどう言ってもそれは覆《くつがえ》りませんし、そのつもりも一切ありません。ですから、新しい秘書は必要です」

瀬那の強固な意志を悟ったのか、要が顔を顰《しか》める。彼も本当はわかっているはずだ。瀬那の退職は決定事項だ。今になって、それがひっくり返ることは絶対にない。

そもそもにおいて、瀬那の就職は初めから期間限定のものだった。

瀬那の祖母は、小さいながらも料理屋を営んでいる。昼は和食を中心とした定食とあんみつなどの甘味を提供し、近所の主婦や学生の憩《いこ》いの場になり、夜は和食を中心に提供する小料理屋として、家族連れやサラリーマンで賑《にぎ》わう店になる。二つの顔を持つその場所が、幼い頃から瀬那は大好きだった。

特に店で凛《りん》と背筋を伸ばして接客する祖母の姿は、瀬那の憧れだった。いつか祖母のようになりたい、店を継ぎたいと自然に思うようになった。

大学在学中に必要と思われる資格をすべて取り、大学を卒業したら祖母の店を継ぐと宣言したが、それは当の祖母によってあっさりと却下された。

『ひよっこが、年寄りの楽しみを奪うんじゃないよ。この店を継ぎたいのなら、もう少し世間の荒波に揉まれておいで』

その時点で、瀬那は大学四年生になっていた。自分でもかなり呑気《のんき》だったと思うが、店を継ぐ気でいた瀬那は就職活動を一切していなかった。

現状を知って呆れた祖母が、伝手《つて》を辿《たど》って修業の名のもと瀬那を預けたのが、要の祖父が経営していたこの会社だった。

日本の外食企業の最大手Nホールディングス。要の祖父が始めた定食屋が始まりで、今では和食レストランとしてチェーン展開し、安定した人気を博している。海外の日本食ブームの波に乗り、順調に業績を伸ばしている。

それだけではなく、要の父や要自身が中心となって、他の外食企業やレストランのM＆Aを実施し、洋食専門のファミリーレストラン、中華料理店、イタリアン、居酒屋などのチェーン店など傘下の企業や店舗を増やし、業績は今も右肩上がりで成長を続けている。

若い頃に芸者をしていた祖母のファンだったという要の祖父は、祖母の願いを二つ返事で引き受けてくれた。

いわゆる縁故《えんこ》採用。しかも創業者たる会長からの強固な推薦だ。周りの一般社員にしたら腫物《はれもの》扱いで、取扱注意人物になってもおかしくなかったが、そんなことは一切なかった。

第一に、『英恵《はなえ》さんから信頼されて、お孫さんを預けられたんだ！　どこに出しても恥ずかしくない社会人として立派に鍛《きた》えてみせる！』と要の祖父が張り切った。

会長は叩き上げの現場の人間で、いまだに各店舗の厨房に立つこともある。それに付き合って、瀬那も全国各地の店を回り、接客のイロハから社会人としての基礎まで徹底的に叩き込まれた。まさに修業の名にふさわしい期間だったが、夢見がちで呑気《のんき》な女の子が、少しは使える社会人になれたのは、要の祖父をはじめとした周囲の人々が鍛《きた》えてくれたおかげだと思っている。その中で特に厳しかったのが、目の前のこの上司だった。

要は出会った最初から、祖父の縁故《えんこ》で入社した瀬那を嫌っていた。それは態度にも出ていたし、面と向かって『気に食わない』とも言われていた。

そう思われても仕方ない部分が確かにあった。大企業の三代目の跡取り息子として嫉妬と揶揄《やゆ》に塗《まみ》れて育ってきた要は、それを実力と実績で黙らせてきた。そんな彼からしたら、瀬那は甘えた子どもにしか見えなかったことだろう。

会長の下で社会人として鍛《きた》えられた瀬那は、経験を積むという名目で、要の第二秘書につけられたのだが、この男は本当に容赦がなかった。

たとえ祖父に縁のある人間だろうが、完璧主義者の男は仕事に一切の妥協を許さなかった。日本国内だけではなく海外の支店にまで連れ回され、公私の区別なくこの男のために奔走《ほんそう》する毎日。

——何度、この男の取り澄ました綺麗な顔を殴りたいって思ったかしら？

過去を振り返る瀬那の眼差しが、一瞬だけ険しいものになる。それくらい、過酷な日々だった。けれど、その日々もただ辛いことばかりだったわけではない。楽しいことも嬉しいこともたくさんあった。悔しいが、仕事に関して要は非常に尊敬できる上司で、彼に認められることは自信にも繋がった。

書類の不備を指摘されることもなくなり、少しずつスケジュール管理を任されて、気づけば瀬那は要の第一秘書になり、ほぼ専任の状況になっていた。

本当であれば五年で終えるはずだった修業期間を一年延長したのは、要ともっと一緒に仕事がしたかったからだ。

もうあと数年、要の秘書を続けてもいいかと思っていたが、去年の秋に祖母の肺癌《がん》が発覚した。風邪一つ引かない健康な人だと思っていた祖母の病気に、瀬那は動揺した。

幸い年齢的なこともあり進行は遅く、転移もなかったので、手術後の経過も良好だった。

退院後は以前と変わらず元気に過ごしているが、それでも瀬那は祖母の年齢を実感してしまった。

祖母に残された時間が、あまり多くはないかもしれないと感じて、いてもたってもいられなくなった。祖母を傍で支えたいと、退職を決意した。瀬那の覚悟を、今度は祖母も受け入れてくれた。

そこからは怒涛《どとう》の日々だった。自分の後を任せる新しい秘書の選定から仕事の引継ぎなど、各種の事務手続きを経て、年度末の区切りの今日、退職の日を迎えたはずだった。

要が立ち上がり、手にした書類ケースをデスクに放る。その音で、瀬那は過去の回想から現在に立ち戻った。

「……え?」

ハッと我に返った時には、手を掴まれて引き寄せられていた。不意を突かれて、瀬那はバランスを崩す。鼻先に男の纏《まと》うフレグランスが香った。独我論者《どくがろんしゃ》という意味を持つその香水の香りは、柑《かん》橘《きつ》系の爽《さわ》やかさの中に、男の色気を感じさせる重厚さがある。要の不遜《ふそん》な性格も相まって、とても彼に合っていた。今日はその香りに煙草《たばこ》の匂いが混じっている。

嗅ぎ慣れないそれは、瀬那の胸を騒がせた。

男の腕の中に囚《とら》われて、瀬那は瞳を瞠《みは》る。顎《あご》を持ち上げられて、吐息の触れる距離に要の端整な顔が迫ってきた。

間近で見ても完璧な男の美貌に、瀬那は息を呑んだ。

「……こんなことになるなら、さっさと押し倒しておけばよかった」

不機嫌そうに吐き捨てられて、瀬那は呆れた笑いを漏らす。

「そんなことをすれば、あそこを蹴り上げて、セクハラで訴えてます」

「本当に可愛くない女だな」

「今更でしょう？」

要が不機嫌そうに顔を顰《しか》めた。その表情を見上げて、瀬那の胸の奥が淡く疼《うず》く。

出会いから相性は悪く、衝突を繰り返してきたのに、瀬那はこの上司に惹かれていた。

けれど、その想いを育てるには、目の前の男は色々な意味で難しかった。

仕事には厳しい割に、美しく財力もある男は、かなり派手に遊び回っていた。

時々にいる恋人の一人になるには、瀬那は情が強《こわ》すぎた。

だから、瀬那は早々にこの恋に見切りをつけた。不毛な恋に時間を費やすには、仕事が忙しすぎたのもある。

要の恋人の代わりはいくらでも希望者がいるが、仕事におけるサポート役としての瀬那の代わりはいない。その矜持《きょうじ》だけを胸に今日までやってきたのだ。

でも今、その関係が崩れそうになっていた。要の親指が、瀬那の唇に触れる。瀬那の唇の形を辿《たど》る男の指先の感触に、胸がざわついた。

――今すぐ、離れた方がいい。

理性がそう告げているのに、瀬那は動けなかった。いや、動かなかった。

ただ黙って、男にされるまま、要の行動を見つめている。抵抗しない瀬那に力を得たように、男の端整な顔が近づいてくる。男の瞳に映る自分は見知らぬ女の顔をしていた。

どうせ今日で最後だ。

だったら最後くらい、衝動のままに動いても罰は当たらない気がして、瀬那は瞼《まぶた》を閉じた。

唇に男の吐息が触れて、鼓動が速くなる。唇に柔らかなものが触れて、濡れた舌が瀬那の口の中に忍び込み、淡い疼《うず》きが背筋を滑り落ちた。

――あなたが好きでした。

胸の中でする告白すら過去形なのは、瀬那の覚悟だ。もう過去は振り返らない。瀬那は今日で、この男のもとを去る。

――これはただの餞《はなむけ》だ。淡いままで終わらせた自分の恋への――

絡めた舌の甘さに、瀬那は男の背に腕を回して縋《すが》る。崩れ落ちそうな体を男の力強い腕が支え、唇が一瞬だけ離れる。

「……セクハラですよ」

囁《ささや》き声で告げれば、男はハッと笑った。

「訴えたければ、訴えればいい」

強気で言い切った男に、「馬鹿ですね」と囁《ささや》き声で返す。

「そうかもな。だから、今こんなことになってる」

要が瀬那の髪を、一房指に巻き取った。それに口づけながら、悪辣《あくらつ》に笑う男の瞳に、苦い悔恨が一瞬だけ過《よぎ》った。

それが何を意味するものなのか、知りたいような、知りたくないような、相反する想いが瀬那の心を揺らす。

――でも、それを聞いたところで今更だ。

顔がよくて、仕事もできて、地位も財力も持っている。女にモテない要素が全くない。

そんな男に選ばれる何かを、瀬那は何一つ持っていない。唯一の矜持《きょうじ》であった仕事も、今日で手放す。だから、瀬那は何も聞かないことを選んだ。

――これは終わりだ。始まりじゃない。

そう思うのに、再び近づいてくる男の唇を拒《こば》めない。自分の心なのに、全く思い通りにならないまま、瀬那は再び瞼《まぶた》を伏せた。

月明かりに照らされて、二人の影が重なり合う――

第1章　嘘つきたちの事情

「瀬那さん。ごちそうさま。今日も美味《おい》しかったわ」

「ありがとうございます。またいらしてください」

会計を済ませた常連客の言葉に、瀬那は柔らかく微笑んで頭を下げる。

「今日の帯留は、蛙《かえる》の王様なのね。可愛い。こんな帯留もあるのねー」

年配の女性である常連客は、瀬那が今日のおしゃれのポイントにした帯留に目を留めて、瞳を輝かせた。

褒《ほ》められたことが嬉しくて、瀬那は王冠を被った蛙《かえる》の帯留をひと撫でする。

「最近の一番のお気に入りなんです」

「可愛いものね。私たちの頃はこんな可愛い帯留とかはなかったから、うらやましいわ」

「これ、実はブローチなんです。それを専用の金具で帯留にしてるんですよ」

「そうなの？　今はそんなものもあるのね！　いいわねー」

瀬那の説明に常連客の女性が感心したように頷く。

「私、ここには高田《たかだ》君のご飯が楽しみで来てるけど、瀬那さんの着物姿も楽しみにしてるのよ。英恵さんのきりっとした着物姿も素敵だったけど、瀬那さんの今風の着付けも可愛らしくて、今日はどんな格好をしているのかしら？　ってワクワクしているのよ」

にこにこと微笑んでの褒《ほ》め言葉に、瀬那はくすぐったさを覚えて、頬を染めた。色白の瀬那は、すぐに顔が赤くなる。その顔を常連客の女性は、温かな眼差しで見つめた。

瀬那の祖母・英恵の代から通ってきている彼女にとって、瀬那は孫と言っても過言ではないほど身近な存在だった。

幼い頃から英恵の後ろをついて歩いて、接客の真似事をする彼女は、この店のマスコット的な存在だった。猫のようなアーモンドアイをキラキラ輝かせて、祖母を見上げる瀬那は本当に可愛らしかったと思う。

年齢の割に童顔なところはあるが、すっかり落ち着いた女性に成長した瀬那が、装《よそお》いを褒《ほ》められて頬を染める姿は、彼女の目には初々《ういうい》しく映った。その様子が幼い頃の姿に重なって、常連客はただただ微笑ましくなる。

「ありがとうございます」

気恥ずかしさに何と答えたものか迷い、もう一度礼を告げて頭を下げた。瀬那は常連客の女性を外まで見送るために、カウンターを出る。

一緒に店の出口まで歩み、瀬那は客のために店の引き戸を開けた。

「それじゃあ、またね」

「はい。またいらしてください。お待ちしています」

昼の最後の客だった彼女の後ろ姿が、初夏の柔らかな午後の日差しに照らされた。瀬那は一瞬、その眩《まぶ》しさに目を細める。庭の緑が鮮やかに輝いて見えた。

客が敷地を出ていったのを見送って、瀬那は昼営業が終わった印に、のれんを下ろした。爽《さわ》やかな緑の匂いを孕《はら》んだ風が前髪を揺らして、瀬那は手を止めた。

——もうすぐ夏ね。

のれんを手に、瀬那は初夏らしい澄んだ青空を見上げて、笑みを浮かべる。

瀬那はこの時期が一番好きだった。咲き誇る花々で絢爛《けんらん》さを誇る春と、鮮烈《せんれつ》な暑さで人々を輝かせる夏。その狭間《はざま》にあり、どちらの良さも併せ持つ瞬《また》きのような短さのこの時期が、一年の中で一番美しいと思っている。

瀬那はのれんを玄関横の壁に立てかけると、『ただいま閉店中』の札を店の引き戸にぶら下げて、店の中に戻った。

瀬那が祖母から受け継いだ『なごみ』という名のこの店は、住宅街の真ん中に立つ小さな店だった。昼は十一時から十五時の間に、和食を中心とした定食とあんみつなどの甘味を提供し、夜は十八時から二十二時まで小料理屋として営業している。

最寄駅から徒歩十分。生垣に囲まれた二階建ての日本家屋《かおく》で、一階が店舗、二階が瀬那の住居スペースになっている。

店内は木目調の落ち着いた家具に、着物を解いて作ったタペストリーや小物が華やかな彩《いろど》りを添えている。訪れる人がほっと息をつける、和の雰囲気を大切にしたくつろぎの場となっていた。

個室二部屋、カウンター五席、テーブル席が四つ。その他に春から秋にかけては、庭を眺められる場所にウッドデッキを併設し、テラス席として二席作っていた。

少し広めの庭には、様々な花樹が植えてあり、四季折々の花々が季節を通して楽しめるようになっている。五月の今は藤と皐月《さつき》が見頃を迎えていた。それが終われば、紫陽花《あじさい》が咲き始める。

それを意識して瀬那の今日の装《よそお》いは、藤色の江戸《えど》小紋《こもん》の単衣《ひとえ》に、白地に紫陽花《あじさい》が咲き乱れる帯にしていた。帯上げと帯締めは渋めの抹茶色にし、帯留に蛙《かえる》の王様をつけて、これから迎える梅雨《つゆ》を思わせる合わせ方をしていた。落ち着いた色味の中に遊び心を入れた今日の組み合わせを、瀬那は気に入っていた。だから、先ほどの常連客の褒《ほ》め言葉が嬉しくて、瀬那はもう一度、帯留にしている蛙《かえる》の王様を撫でる。

着物は季節を少し先取りするのが基本だと言われている。実際の花の季節よりも一か月から一か月半ほど先取りして、花が咲く直前まで着るのが粋《いき》なのだと。実際の花と競うことはしないという、その考えが瀬那は好きだった。

幼い頃から粋《いき》に着物を着こなす祖母の背を見て育ったせいか、店を継ぐ時も当たり前のように、着物で接客すると決めていた。

着物姿で凛《りん》と背筋を伸ばして接客していた祖母の姿は、今も瀬那にとって憧れだ。まだまだその背中には追い付けそうにない。でも、瀬那は今年でやっと三十歳。祖母の年齢を重ねた女性だからこそ持ち得る貫禄や美しさがないのは当たり前だ。これればかりは、日々精進《しょうじん》だと思っている。

「周《しゅう》ちゃん。のれんを下ろしてきたから、それが終わったら休憩に入って」

調理場で洗い物をしていた料理人兼幼馴染の高田周大《しゅうた》に声を掛ける。

日本食の料理人らしい白の法被《はっぴ》コートを着た周大が顔を上げた。瞼《まぶた》の切れ上がった三白眼がゆっくりとこちらを見た。周大は料理人というよりは格闘家と言われる方が納得する容姿をしていた。

黒髪を短く刈り込みその上に和帽《わぼう》を被り、整えた顎髭《あごひげ》が似合う精悍《せいかん》な顔は浅黒く日焼けしている。

見た目の迫力に反して、この幼馴染は寡黙《かもく》で穏やかな気質の男だ。

「わかった。姉さんに呼ばれているから、この後の休憩時間に少し出るが、大丈夫か?」

「もちろん大丈夫よ」

「すまないな。夜の営業の仕込みはほとんど終わってる。営業に支障が出ないように戻ってくる」

真面目すぎる幼馴染の言葉に、瀬那は苦笑する。

「休憩時間だもの。周ちゃんの自由にしてくれて構わないわよ。夜の営業までに戻ってきてくれれば問題ないわ」

「ありがとう。ああ、そこに賄《まかな》いを用意したから、食べてくれ」

周大が目線だけでカウンターの一角を示す。そこには昼の定食の残りのちらし寿司と総菜、味噌汁が並べられていた。

「ありがとう。周ちゃんは?　ご飯、食べていかないの?」

いつもは周大の分も合わせて二人分用意されているのに、今日は瀬那の分だけだった。気になって問いかければ、「家に帰るからそこで食ってくる」と返ってきた。

「そう。じゃあ、先にいただくわね」

「ああ」

瀬那は袖《そで》を押さえていた襷《たすき》を外して、周大が用意してくれた賄《まかな》いの前に座った。

「いただきます」

手を合わせて、少し遅い昼食を取る。店内には、周大が洗い物をする音だけが静かに響く。

普段から寡黙《かもく》な周大は、必要がなければ口を開かない。昔から二人でいても、会話はほとんどなかった。けれど、気づまりにならないのは、付き合いの長さゆえだろう。

瀬那は小鉢に入った根三つ葉の辛子和《あ》えに箸《はし》を伸ばす。旬のシャキシャキした根三つ葉の食感とかまぼこの柔らかな食感の違いが面白く、辛子の辛みが全体を引き締めていて美味《おい》しかった。

――うん。今日も美味《おい》しい。

賄《まかな》いを食べる瀬那の顔は自然に綻《ほころ》んだ。

今どき珍しく中学卒業後に、神楽坂《かぐらざか》の老舗《しにせ》料亭に修業に出ていた周大が作る料理はどれも美味《おい》しい。こんな小さな町の料理屋で働いてもらうのは勿体《もったい》ない腕だと思うが、そのおかげで、祖母が亡くなった後も店が続けられている。

洗い物を終えた周大が着替えるために、厨房の奥に引っ込んだ。

一人店内に残された瀬那は、夜の営業に備えて食事を続けた。

食後のお茶に手を伸ばすと同時に、店の駐車場に車が停まる音が聞こえてきて、瀬那の眉間《みけん》に皺《しわ》が寄る。

――まさか……

ちらりと時計を見上げると時刻は、もうすぐ四時になろうとしていた。今の時間は夜の仕込みのために店は閉めている。だからこの時間に連絡もなく訪れる人間は滅多にいないのだが、たまに営業時間を知らないお客さんがやってくることもある。しかし、何故か瀬那の頭に、一人の男の顔が思い浮かんでいた。

周期的に考えれば、そろそろ彼がやってきてもおかしくない。

のれんも下げて、『ただいま閉店中』の札が下がっているにもかかわらず、出入り口の引き戸が躊躇《ためら》いもなく開けられた。

振り返った瀬那は、堂々と入ってきたかつての上司に、やはりと大きく息を吐き出した。

「ただいま、当店は休憩中です」

「知ってる」

——知ってるなら、ちゃんと営業時間中に来てよ！

心の中でだけ文句を言う。実際に文句を言ったところで、要が気にもしないだろうことはわかっていた。もうすでに、何度も注意はしているからだ。来るなら営業時間中に来てほしいと。しかし、要がそれを聞き入れる様子はない。むしろ、わざわざ店の休憩時間を狙ってきている。

挨拶《あいさつ》もなく、真っ直ぐこちらに要が歩み寄ってきた。

相変わらずの傍若無人《ぼうじゃくぶじん》ぶりに、瀬那は疲れたため息を吐く。

瀬那の横に、断りもなく要が座った。

「珈琲《コーヒー》」

すっかりここでくつろぐ気満々の態度と注文に、瀬那の口元が引きつった。

「だから、うちは今、休憩中だって言ってますよね？」

努めて冷静になろうとしながら、瀬那はもう一度、今が営業時間外だと要に伝えた。

要は一瞬、食事を終えた賄《まかな》いの載った盆に視線を向けたが、「だから何だ？　珈琲《コーヒー》」と、譲らない態度で注文を繰り返す。

それで、要に対してだけ短すぎる瀬那の堪忍袋《かんにんぶくろ》の緒が切れて、思わず立ち上がる。

「人の話を聞いてください！　うちは今、休憩中で、営業してません！　そして、うちは和風喫茶なので日本茶は出すけど、珈琲《コーヒー》は置いてない！　何度言えばわかるんですか？」

「珈琲《コーヒー》。豆なら前回来た時に置いていったのが、まだあるだろう」

しかし、要は全く応《こた》えた様子もなく、頑固に同じ注文を繰り返す。

——ああもう！　本当に人の話を聞かないのは変わらないわね！

自分の注文が通って当たり前といった態度の要に、瀬那の苛立ちが増す。もう一度、要に物申そうと口を開いたタイミングで、周大が奥から顔を出した。

「瀬那？　どうした？　大きな声が聞こえたが……」

そう言った周大が瀬那の横に座る要を見て、目を眇《すが》めた。

要も周大の姿を認めて、雰囲気が剣呑《けんのん》なものに変わる。バチッと音がしそうなほど、二人の間で一気に緊張感が高まった。

「あなたか……西園さん。うちは今、営業時間外なんですけどね？」

じろりと要を見て、咎《とが》める周大の声は低く威圧を孕《はら》んでいた。それに応じるように、要はフンと鼻を鳴らして、尊大な仕草で足を組んだ。

「俺が用があるのは市原だ。君には関係ない。その格好なら出かけるところだったのだろう？さっさと行ったらどうだ？」

法被《はっぴ》コートの上にスカジャンを羽織った周大を一瞥《いちべつ》した要は、もう周大には用がないと言わんばかりの態度で瀬那を見上げてくる。そして「珈琲《コーヒー》」と注文を繰り返した。

要の注文に、周大の顔が険しくなる。一触即発の空気に、瀬那は頭痛を覚えた。

この二人の相性は最悪だ。猛獣の縄張り争いさながらに互いの存在を主張して、毎度空気が悪くなる。

要は毎度、周大を威嚇《いかく》するような態度を取るし、周大は周大で幼馴染がこの元上司に振り回されるのを心配して、態度を硬化させる。

そのたびに、瀬那は虎と竜の間に挟まれたような気分を味わう羽目になっていた。

——周ちゃんのことを警戒しているみたいだけど、そういうことは絶対にないのにね。

周大にはそれこそ幼稚園の頃からの想い人がいる。彼の長年の片思いを知っているだけに、瀬那にとったら、要の警戒はただただ的外れに思えた。

——私の身近に周ちゃんみたいな男の人がいるのが気に入らないみたいだけど、だからといって彼が私のものになることはない。本当に勝手だ。

とはいえ、放っておいたらこの二人はいつまでも睨《にら》み合っている。ここは瀬那が大人として対応するべきだろう。

「周ちゃん。ここは大丈夫だから、もう行って。春香《はるか》さんに呼ばれているんでしょう？　時間は大丈夫？」

瀬那の言葉に周大が、店の時計をちらりと見上げて、時刻を確認した。夜の営業時間を考えると、あまり時間はない。

「大丈夫か？」と眼差しに心配を滲《にじ》ませて、周大が尋ねてくる。

「もちろん。大丈夫に決まっている」

それに微笑んで答える。周大の眼差しが、不機嫌そうに座る要と、瀬那の間を往復した。

もう一度戻ってきた周大の視線に、瀬那が力強く頷くと、「じゃあ、ちょっと行ってくる」と後ろ髪を引かれるような顔で、店の外に出て行った。

周大の後ろ姿を見送って、瀬那はほっと息を吐き出す。

そして、不機嫌さを隠しもせずに二人のやり取りを見ていた要を見下ろした。むっつりと黙り込む男は何も言わない。

束の間、二人の間に沈黙が落ちた。

先に根負けしたのは瀬那だった。ため息を一つ吐いて、カウンターの内側に入る。

要は自分の要求した通りに、珈琲《コーヒー》を飲むまでは意地でもここから動かない。そういう男だ。

それならさっさと要の要求に応《こた》えて、珈琲《コーヒー》を淹《い》れてしまった方が話は早い。

瀬那のこういうところを周大が心配しているのは知っている。腹を立てることも多いのに、何だかんだと文句を言いながら、瀬那は要のわがままを許してしまう。

自分でも要に甘いとは思っている。もうこれはある種、習《なら》い性《せい》になっているのだろう。

秘書として過ごした時間の濃さゆえに、瀬那は要に従うことに慣れてしまっていた。

ケトルでお湯を沸かし、戸棚の中から、要専用にしている道具一式の入った籠《かご》を取り出す。その中から珈琲《コーヒー》豆の入った缶を取り出して、蓋《ふた》を開けた。

瀬那は慣れた手つきで珈琲《コーヒー》豆の分量を量り、専用のミルに入れて豆を挽き始める。

途端に、辺りに芳醇《ほうじゅん》な珈琲《コーヒー》の香りが広がった。百グラム数千円はすると言われる高級な珈琲《コーヒー》豆は、要が自分専用に店に置いていっているものだった。なくなる頃になると、いつも追加を持ってくる。

豆を挽きながら、瀬那は不思議な気持ちになる。

瀬那が退職した後、二人の関係は疎遠になっていくのだと勝手に思っていた。

退職の日、口づけを交わした思い出はあれど、当然、そこから二人の関係が発展することはなかった。

世界中を飛び回る多忙な男と、小さな料理屋の若女将《わかおかみ》――接点などなくなっていくのが当然だ。

けれど、その考えを覆《くつがえ》すように、月に一、二度のペースで、要はなごみに通ってきた。

瀬那はこの男の多忙さを誰よりも知っている。疲れている男の休息を、拒《こば》むことはできない。

わざわざ営業時間外にやってきて、珈琲《コーヒー》を注文するのは何の嫌がらせだとは思っているが、要の訪問自体を嫌がっているわけではなかった。

かつて、一緒に夜景を眺めた時間が、形を変えて珈琲《コーヒー》を求めるわがままになっているというのなら、それは瀬那の心を甘く揺らす。

彼の秘書を辞めて二年。とうの昔に見切りをつけたはずの恋心が、瀬那の心に複雑な波紋を呼び起こす。

湯が沸いて、ケトルを火から下ろした。ドリッパーとサーバーをお湯で温め、要用の珈琲《コーヒー》カップに湯を注《そそ》いで温めておく。その間に、ペーパーフィルターを折り、ドリッパーにセットした。

挽いたばかりの豆をフィルターに入れて、ケトルのお湯を数回に分け丁寧に回し入れる。

珈琲《コーヒー》が湯で膨らんで盛り上がる。サーバーに珈琲《コーヒー》が落ち切ったところで、ドリッパーを外して濃度を調整するために攪拌《かくはん》する。最後にカップの湯を捨てて、そこに珈琲《コーヒー》を注《そそ》いだ。

茶菓子に店で出している和三盆を添えて、要の前にサーブすると、今日初めて男の表情が和《やわ》らいだ。

珈琲《コーヒー》を口にして、ほうっと満足げな吐息が聞こえてきて、瀬那は密やかに苦笑した。

ちらりと要に視線を向ければ、男はくつろいだ様子で満足げに口角を上げている。

——この顔を見ちゃうと、何でも許したくなるんだから、私も本当に甘い。

要が珈琲《コーヒー》を味わっている間、瀬那は冷蔵庫から、水出しの冷茶が入ったボトルと氷、わらび餅の入った保存容器を取り出した。ガラス製のグラスに氷を入れて、冷茶を二人分用意する。

新緑を思わせる緑が、目に鮮やかだ。次いで、黄粉《きなこ》をまぶしたわらび餅を小皿に盛り付け、冷茶と一緒にお盆に載せた。そこに専用の容器に入れた黒蜜を添える。要が珈琲《コーヒー》を手に、瀬那の動きを無言で見つめている。

「牧瀬《まきせ》さんたちにお茶を渡してきます」

お盆を持ち上げた瀬那は要にそう告げて、カウンターを出る。

要の眉間《みけん》に皺《しわ》が寄るが気にせず、店の外に出る。店の駐車場に要が乗ってきた高級車が停まっていた。瀬那はお盆を手に車に向かう。

車の中を窺えば、運転手と、後部座席に現在の要の秘書である牧瀬が待機していた。牧瀬はタブレット片手に仕事をしているらしい。

車に歩み寄った瀬那は後部座席のウィンドウをノックする。中の二人がすぐに気づいて、こちらを見た。

「こんにちは。市原さん。お邪魔しております」

車から出てきて丁寧に頭を下げて挨拶《あいさつ》してくる牧瀬に、瀬那も微笑んで、「お疲れ様です」と頭を下げる。牧瀬は瀬那の退職後に要の第一秘書になった中年の男性で、柔和な微笑みが似合う紳士的な人だった。

もとは秘書室のベテラン秘書で、要の祖父についていた。瀬那も新人の頃は大変お世話になった。

誰に対しても腰の低い人で、かつての部下の瀬那にも丁寧に対応してくれる。

「今日は日差しが暑いので、よかったらこちらをどうぞ」

瀬那はお盆に載せてきたお茶とわらび餅を、牧瀬に差し出す。

「いつもお気遣いいただきありがとうございます」

牧瀬が嬉しそうに瀬那からお盆を受け取った。

「こちらのお茶や和菓子はとても美味《おい》しいので、実はひそかに楽しみにしているのですよ」

甘いものに目がない牧瀬は、本当に嬉しそうにわらび餅を見る。その姿に、瀬那も笑みを誘われる。

「牧瀬さんたちも店内で召し上がりませんか？」

今は休憩中だが、どうせ中では要がくつろいでいる。もう二人客が増えたところで、たいして変わらない。しかし、瀬那の誘いを牧瀬は「滅相もない！」と首を横に振って断った。

「せっかくの社長の憩《いこ》いの時間をお邪魔できませんよ。社長に就任されてから、ますます忙しさに拍車がかかっています。市原さんとのお時間が何よりの癒《いや》しになっているようなので、市原さんはどうか、社長の傍についていてあげてください」

柔らかに笑って促《うなが》す牧瀬に、瀬那は苦笑する。彼は瀬那と要の関係を誤解している。

あの男と恋人だったことは一度もない。だからといって、今の関係を言い表す適切な表現も浮かばなかった。

要が何を考えて、この店に通ってくるのか瀬那は知らない。

「私たちのことはお気になさらずに、どうぞお戻りください。社長がきっと首を長くして、お待ちですよ」

微笑ましそうにそう言う牧瀬に、瀬那は曖昧《あいまい》な表情を浮かべるしかない。

反論したところで、きっと照れているだけと思われるのだろう。瀬那は牧瀬に促《うなが》されるまま店に戻った。

店内では要が一人、先ほどと同じ場所に座っている。

瀬那が戻ってきたことに気づいた要が、こちらを振り返る。その顔は明らかに不機嫌そうだ。

——今度は何に機嫌を損ねているの？

周大はいない。要の要望通り珈琲《コーヒー》も淹《い》れた。他に何の不満があるのだと思う。

この男のことは、いつまでたっても理解できる気がしない。

瀬那は出したままになっていた賄《まかな》いの皿を片付けるために、カウンターに歩み寄る。

賄《まかな》いの盆を取り上げて、カウンターの内側に入ろうとすれば、要がぼそりと呟いた。

「お前は、俺以外の男には優しいんだな……」

「あなたにも十分、優しくしていると思いますけど？」

瀬那の返答に、要の眼差しが逸らされた。決定的なことは何も言わない男の横顔を瀬那は見下ろす。

どの角度から見ても綺麗な男の顔は、いくら眺めてみても何を考えているのかわからない。

瀬那は内心でため息を吐いて、要の横顔から視線を引き剥《は》がす。そうして、洗い物をするために、カウンターの内側に入った。襷《たすき》で着物の袖《そで》を上げ、洗い物を始める。

手を動かしながら、瀬那は先ほどの要の呟きを思い出した。

『お前は、俺以外の男には優しいんだな……』

——私以外の女に優しいのはあなたも一緒でしょう？

瀬那に対してだけ要はいつだって容赦がなかった。優しくされた記憶なんて片手で足りる。

『泣きたければ泣けばいい』

不意に、そう言った男の胸に縋《すが》って泣いた夜を思い出して、瀬那の動きが一瞬だけ止まる。

――何で今、思い出すのよ……

記憶の奥底に沈めたはずの記憶――けれど、時折気泡が水面に浮かび上がってくるように思い出される記憶が、瀬那の心を惑わせる。

一度だけ――一度だけ、彼と寝たことがある。

退職の日に口づけをした思い出はあっても、それ以上の関係に発展することはなかったから、きっと一生このままだと思っていたのに、瀬那は要と一線を越えた。

半年前、祖母が亡くなった。店を一緒に始めて一年半、大きな病気の後とは思えないほど元気だった祖母。

あの日――いつもならとっくに朝食を済ませている時間になっても起きてこない彼女を心配して、瀬那は祖母の部屋に向かった。そこで祖母が亡くなっていることに気づいた。

本当にただ眠っているだけのような穏やかな顔だった。触れた体が、冷たくなっていなければ、今にも目を覚ましそうだった。

ピンピンコロリと逝《い》くのが夢だと言っていた言葉通りに、祖母は突然この世を去った。

何とも祖母らしい最期だった。

祖母の葬儀がすべて終わった夜――その喪失感に瀬那が耐えられなくなったのを見透かしたように、要はふらりと瀬那の前に現れた。

その夜に差し伸べられた手を、瀬那は拒《こば》めなかった。

何故、あの夜、要が瀬那に手を伸ばしたのか——その理由を瀬那は知らない。

要も何も言わなかったし、瀬那も何も聞かなかった。

大切な人を亡くした喪失感に耐えられない——そう自分にずるい言い訳をして、瀬那は恋した男に慰《なぐさ》めを求めた。

ゆらりと音を立てて記憶が蘇《よみがえ》る——

☆

祖母が愛用していた切子《きりこ》の赤いグラスに、彼女が好きだった日本酒を注《つ》ぐ。

とぽとぽと酒を注《つ》ぐ音が、人気《ひとけ》がない静かな店内では、やけに大きく聞こえた。

カウンター周りにだけ明かりのついた店内は、ひっそりとした沈黙に包まれていた。

その静けさが、もうこの家には瀬那しかいないのだと教えてくる気がして、寂しさが募《つの》っていく。

祖母の葬儀のすべてを終えた今、瀬那の肩に虚脱したような疲れがのし掛かっていた。

祖母のとは色違いの青い切子《きりこ》グラスに酒を満たすと、祖母のグラスにそっと打ち付ける。

このグラスセットは、去年の祖母の誕生日に瀬那が贈ったものだった。これからも一緒に酒を酌《く》み交わして店を盛り立てていきたいという、そんな瀬那の願いを込めていた。

カツン——と軽い音を立てて、グラスが合わさった。

孤独で静かな夜に響いたその音が、どこか寂しげに聞こえて、瀬那はため息を吐く。

――今日くらいは、お父さんたちの家に行けばよかったかな。

葬儀の後、今日は実家に泊まるよう両親に提案されていたが、大丈夫だと断って店に帰ってきたのは瀬那だった。

けれど、実際に一人になってみれば、両親の言う通りにすればよかったと後悔が瀬那を襲う。

――今からでも帰ろうかな……。

両親が住む家は、ここから歩いて十五分ほどのところにある。

静かに降り積もる雪のような喪失感と寂しさに押し潰されそうになっている今、家族のぬくもりが恋しかった。

瀬那はグラスの酒を呷《あお》った。祖母が愛したのは淡麗辛口のすっきりとした味わいのものだった。舌で感じるきりっとした辛味は、すぐに焼けるような喉越しに変わって、瀬那の胃に滑り落ちていく。腹の中で燃え上がるアルコールが、一瞬だけこの寂寞《せきばく》とした喪失感を忘れさせてくれる気がした。

強い酒にくらりと眩暈《めまい》にも似た酩酊《めいてい》感に襲われ、瀬那は瞼《まぶた》を閉じた。

あまり酒に強くない瀬那にとって、祖母の愛飲する日本酒は強すぎた。

ここ数日、葬儀のために奔走《ほんそう》した疲れのせいか、いつも以上にアルコールの回りが早い。

くらり、くらりと世界が回るようなアルコールの浮遊感に身を任せる。

瞼《まぶた》の裏に浮かぶのは、まるで眠っているかのような祖母の最期の顔だった。

前日に交わした最後の会話が、何だったのか――思い出そうとしても思い出せない。

きっといつものように、「おやすみ」と言い交わしたのが、最後だろう。

家族の誰一人、祖母の異変に気づかなかった瀬那を責めなかった。祖母の死に顔があまりに穏やかで、親族の全員が何とも彼女らしい最期だと笑っていた。

祖母は有言実行の人だった。最後の最期まで彼女はそれを守り通し、ピンピンコロリと逝《い》ったのだろう。

だからきっと、祖母は瀬那が落ち込むことを望まない。それはわかっている。

だけど、もしもっと早く瀬那が祖母の異変に気づくことができれば、彼女は今も瀬那の横にいてくれたかもしれないという思いが、どうしても拭いきれなかった。

――やっぱり家に帰ろうかな……

埒《らち》もないことばかり考えてしまう自分に嫌気がさしてそう思った時、店の入り口がからりと音を立てて開いた。

重い瞼《まぶた》を開いた先――入り口に佇《たたず》む男に、瀬那は目を見開く。

「……西園さん？」

「鍵を開けっぱなしとは、不用心すぎないか？」

そう咎《とが》めてきた男は、店の入り口の内鍵を閉めると、ゆったりとした足取りで瀬那のもとへ歩み寄ってくる。

――どうして……？

まるで夢でも見ているような感覚に陥《おちい》りながら、瀬那は近づいてくる要を眺めていた。自分は相当、酔っているのかもしれない。その時、初めてそう自覚した。

「飲んでたのか？」

男の眼差しが二つ並ぶグラスに向けられる。

――そういえば、このグラスセットを買う時に、この人も一緒に選んでくれたのよね。

何でそんな成り行きになったのか――酔った頭はまともに働かず、はっきりと経緯を思い出せない。

返事もできずに黙って男を見上げる瀬那に、何を思ったのか要が手を伸ばしてきた。瀬那の頬に男の大きな手のひらが触れる。

アルコールに火照《ほて》った頬に、外気に冷やされた男の冷たい手は気持ちよかった。

思わず甘えるように、その手に頬を押し付けると、要は驚いたように、一瞬だけ手を強張《こわば》らせた。

瀬那は無言で男を見上げる。二人の視線が絡んだ。

落ちる沈黙に、瀬那の中の何かが、音を立てて切れた。

それは理性と呼ばれるものだったのかもしれないが、その時の瀬那にはわからなかった。

「……すまない。海外にいて、来るのが遅くなった」

そんなことを真面目に謝罪してくる男に、瀬那はおかしくなる。今夜要が来てくれたことを、ただ嬉しいと思ってしまう。

「それは謝ることですか？」

くすくすと笑い出した瀬那に嘆息すると、要はその前髪を梳《す》いた。その感触が気持ちよくて、瀬那は猫のように瞳を細める。

「酔ってるな」

「酔ってますね」

「弱いくせに、こんな強い酒を飲むからだ」

要が瀬那の手から切子《きりこ》のグラスを取り上げた。祖母の赤いグラスに向かってグラスを掲《かか》げると、一気にその中身を飲み干した。

男の喉仏が動く様が、やけに煽情的《せんじょうてき》に見える。祖母を悼《いた》む男の仕草に、心が甘く揺れた。

瀬那の体の奥に、アルコールの火照《ほて》りとは別の熱が灯る。

自分でも不謹慎なのは自覚していたが、止められない。埋められない寂しさが、瀬那の背中を強く押す。

要がカウンターにグラスを置くと、改めて瀬那に向き合った。

「今日はもう飲むのをやめて、大人しく寝ろ」

「寝られる気がしないんだもん」

子どものような語尾に、要が呆れたように肩を竦《すく》めた。今の瀬那は、駄々っ子と同じだ。

「酔っ払い」

「酔ってますよー」

けらけらと笑う瀬那に要が手を差し出した。そのまま脇に手を入れられて、立ち上がらされる。

しかし、アルコールの回った瀬那は自力では立っていられず、ふらりと目の前の男の胸に倒れ込んだ。嗅ぎ慣れた男の香水の匂いに、酩酊《めいてい》感が増した気がした。

——酔ってるのは日本酒に？　それともこの状況？

危なげなく瀬那を抱きとめた男の広い胸に、瀬那は火照《ほて》った息を吐き出した。

「……おばあちゃんが、死んじゃった……」

ぽつりと零した呟きに、瀬那を抱く男の腕に力が籠《こも》る。

「こんな時ばかり、お前は不器用なんだな」

どうしたものかというように、要が天を仰いだ。その手が瀬那の後ろ髪を優しく梳《す》く。慰《なぐさ》め方を知らない男の手は、ひどく不器用だ。だけど、その手はただただ優しく、労《いたわ》りに満ちている。

「泣きたければ泣けばいい。誰も市原を責めない」

——ああ、私は泣きたいのか……

要の一言に、瀬那はやっと自分の状況を自覚する。けれど、瀬那の瞳は乾いたままだ。

「……泣き方がわからないんです」

男の胸元をぎゅっと掴んで、瀬那は要の顔を見上げる。吐息の触れる距離で、瀬那と男の視線が絡む。男の瞳に映る女は、頑是《がんぜ》無い子どものような顔をしていた。

表情ほどに、瀬那は幼くない——自分が要に何を求めたかくらいは理解していた。

「……付け込むために来たわけじゃないんだがな……」

要が呟くように何かを言った。その呟きはあまりに小さすぎて、瀬那には聞き取れなかった。

ただ近づいてくる男の端整な顔にホッとして、瞼《まぶた》を閉じた。

唇よりも先に、男の指が瀬那の頬に触れた。その指が頬を撫でる。思わぬ柔らかな感触に、閉じた瞼《まぶた》が熱を持つ。その瞼《まぶた》に唇が降ってくる。泣けない女の不器用さを、慰撫《いぶ》するような口づけだった。ふっと息を吐き出し、解けた唇に、今度こそ男の唇が与えられた。

哀しみを分かち合うような、優しいキスだった。

ぴったりと瀬那の唇を覆《おお》う要のそれは、下唇を食《は》むような動きを見せた後に、深く合わさった。自然と開いた隙間から滑り込んできた舌が、瀬那のそれに絡む。口の中に、彼が直前に飲んだ酒の味が広がった。

こちらの様子を探るような舌の動きがもどかしく、瀬那は男のそれに軽く歯を立てる。腰を抱く男の手に力が入った。

直後、吐息ごと奪われるように、口づけが深く激しいものへと変わった。

息苦しさを覚えるほどのキスに、思わず首を仰《の》け反《ぞ》らせてしまい、唇が解けた。

「は……ぁ……」

熱を孕《はら》んだ吐息が零れ、さらに足元がおぼつかなくなった。今にも崩れ落ちそうな瀬那を、要が抱き上げる。

「暴れるなよ」と囁《ささや》いた要の言葉に、素直に頷いた瀬那は、男の首に腕を回して体を密着させる。

この男に抱き上げられていることが何だか信じられなくて、やっぱりこれは夢かもしれないと思う。

現実感がひどく遠かった。広い胸に顔を埋《うず》めて、男の匂いを深く吸い込む。男の香水の香りに、安堵と興奮という相反する感情が瀬那の中に湧き上がり、混じり合って、体の奥に熱を灯す。

——離れたくないな……

そんな瀬那の想いを感じ取ったのか、要の怜悧《れいり》な顔が近づいてくる。縋《すが》るように今度は自分から、男の唇の中に舌を差し入れる。

「ん……んん！」

自分でも聞いたことがないような甘い声が、零れて落ちた。

要は成人女性を抱えているとは思えないしっかりとした足取りで、軽々と階段を上っていく。

二階の住居部分に入り、寝室の場所を問われた瀬那は、囁《ささや》き声で自室の場所を教えた。

器用に足で部屋の扉を開けた要が、瀬那をベッドに下ろした。そのまま要は部屋の扉に向かう。

このまま帰ってしまうのかと瀬那は泣きたくなるような想いで身を起こし、その広い背中を見つめた。要は部屋の扉をきちんと閉めると、瀬那のもとに戻ってきた。そのことにホッとした瀬那は、要に手を伸ばす。要が苦笑して瀬那の前髪をそっと乱した。

「そんな顔するな」

今の瀬那は自分がどんな顔をしているのかわからなかった。

ただ要がひどく優しい顔をしているから、別に知る必要もないかと男の手にその身を委《ゆだ》ねた。

「瀬那」

囁《ささや》き声で名前を呼ばれた。

――もっと聞きたい。

男が音にする自分の名前を、もっと聞きたいと思った。

優しく、甘く、瀬那が大切だと伝えているように聞こえるその声が、瀬那の心を震わせる。

体をベッドに押し倒されて、瀬那は仰《あお》のいた。晒《さら》された喉元に、男が口づける。喉を食《は》まれて、ぞくりと背筋に甘い疼《うず》きが滑り落ちていく。

部屋着にしているワンピースの裾《すそ》から、男の手が忍び込んできた。

するすると大腿《だいたい》を這《は》い上がってくる長い指が、くすぐったくて瀬那は身を捩《よじ》る。

「脱がせていいか？」

頬に唇を滑らせながらの問いに、瀬那は素直に頷いた。男に協力して、瀬那は着ていたワンピースを脱ぎ去る。あっという間に瀬那は素肌だけの姿にされてしまう。

要の手がベッドヘッドの常夜燈のスイッチを押した。闇に沈んでいた瀬那の部屋が、パッと明るくなる。

淡いオレンジの光に照らされた瀬那の裸体を見下ろし、男が感嘆するようにそう囁《ささや》いた。

「綺麗だな」

――綺麗なのはあなたの顔だと思う。

常夜燈が灯されたせいで、男の美貌にくっきりとした陰影が刻まれていた。それは見惚れるほど美しく、瀬那の目に映る。

瀬那は美しさに引き寄せられるように、男の左目の下に触れる。そのまま滑《なめ》らかな肌に指を這《は》わせると、要が困ったように笑った。

要が瀬那の指を上から押さえるように包み込み、その手のひらに口づける。

見せつけるように手のひらに舌を這《は》わせ、手首の内側にきつく吸い付いた。

常夜燈に照らされた男の瞳は、まるで溶けかけたチョコレートみたいに、濃くて甘い光を孕《はら》んでいた。瀬那は魅入られたように、男の瞳からもその仕草からも目が離せなくなる。

「少し大人しくしていてくれ」

吐息だけで笑った男が、身を起こした。もどかしそうにネクタイを解き、着ているものを脱いでいく。あらわになった男の体は、彫刻のような均整の取れた筋肉で覆《おお》われていた。

長く逞《たくま》しい腕が、瀬那をかき抱く。熱く、硬い体に抱きしめられて、瀬那の唇から安堵の吐息が漏れた。首筋に要の顔が埋《うず》められ、堪《こら》えきれないといった吐息が瀬那の肩に触れる。熱く湿ったその感触に、瀬那の胎《はら》の奥がどろりと解けた。

「……っん」

それだけの感触に、体がひどく昂《たかぶ》っている。

男の唇が動いて、瀬那の鎖骨を食《は》んだ。軽く歯を立てられて、びくりと瀬那の体が跳ねる。

同時に男の手が瀬那の膨らみを包み、その柔らかな感触を楽しむように揉む。男の手の中で、瀬那の膨らみは柔らかな餅のように形を変えた。

男の硬い指先が、立ち上がり始めた胸の頂《いただき》を摘《つま》む。軽く捻《ひね》られて、ぴりぴりとした切なさが全身を巡《めぐ》った。

左胸の頂《いただき》は男の口に乳暈《にゅううん》ごと含まれる。ねっとりと熱く濡れた粘膜に包まれて、胸の頂《いただき》が快楽で完全に立ち上がる。

そこに淫《みだ》らな水音を立てて吸い付かれた。肉厚な舌がいやらしく蠢《うごめ》き、ねっとりとした動きで瀬那の乳首を締め付ける。しばらく、頂《いただき》を舐《な》めしゃぶる動きが繰り返され、全身に走る快楽に耐え切れず、瀬那は何度も体を跳ねさせた。

「……っふ……んぅ」

唇から堪《こら》えきれない甘い吐息が溢《あふ》れていく。その間に、男の唇が瀬那の体を辿《たど》り始める。

胸の膨らみの真ん中に口づけ、臍《へそ》の上に赤い花を咲かせた。脇から下へ滑り、腰骨に歯を立てられ、皮膚に吸い付かれた。

男の唇の動きは予想がつかず、触れられる先から、瀬那の体の力が抜けていく。舌先に反応する場所には、目印をつけるように、赤い花が残された。

肩で息をし、全身がうっすらと汗ばんできた頃、両足がグイッと持ち上げられた。反射的に足を閉じようとしたが、うまく力が入らない。

男にされるまま、瀬那はしどけなく足を開かされる。

披裂の始まりにキスが落とされた。濡れた唇の感触に、瀬那は体を強張《こわば》らせる。

普段は秘められ、閉じているその場所が、男の舌先で押し広げられた。

何をされたか理解するより先に、腰が揺れる。そこはすでにぐっしょりと濡れていた。噴き零れた蜜を、余すことなく男に啜《すす》り上げられる。

「い……やぁ！」

羞恥《しゅうち》と快楽に腰が揺れた。男はその動きを巧みに利用して、瀬那の蜜壺に舌先を押し込んだ。弾力のある舌先で内部を抉《えぐ》られて、腰から脳天へ向けて、一気に電流が走った。

「はあ、はあっ……んんあ！」

自覚もなく甘い喘《あえ》ぎが、喉奥から勝手に溢《あふ》れて出る。恥ずかしいほどに感じ入ったその声に焦り、瀬那は両手で男の頭を押しのけようと、彼の髪にぐっと指を差し込んだ。

「だ……め！　それやだぁ!!」

けれど、披裂の上の蕾《つぼみ》を男の口に含まれたせいで、瀬那の手は男の髪を乱すだけで終わってしまう。それどころか、逆に男の頭を逃がさないようにそこへ押さえつけているようだ。その快楽をねだるみたいな仕草の淫《みだ》らさに、瀬那だけが気づかない。

瀬那の蜜壺の中で、男の舌先が生き物のようにうねり、溢《あふ》れ出る蜜を啜《すす》られる。

——こんなの知らない。お腹が熱い……

学生時代には恋人もいたし、セックスも初めてではない。だというのに、こんな深くて甘い快楽を瀬那は知らなかった。

「はぁぁー！」

男が瀬那の花蕾にきつく吸い付いた。強すぎる快楽に、瀬那の視界が真っ白に染まる。華奢《きゃしゃ》な体が不意に跳ね上がって痙攣《けいれん》し、瀬那は快楽の絶頂を味わう。

男が身を起こした。濡れた唇を手のひらでグイッと拭う。拭ったものが何かと考えれば、瀬那の体がカッと熱くなった。

足を持ち上げられ、蜜口に硬いものが擦りつけられる。擦りつけられただけで圧迫感を覚えるそれに、瀬那の喉が鳴った。

眼差しだけで合意を促《うなが》す男に、瀬那は頷いた。途端に男が体を倒し、瀬那の中に要のものが入ってくる。その衝撃に、瀬那の背中がぐんっと反《そ》り返った。

粘膜を押し開くようなそれに、瀬那の蜜襞が熱く濡れて絡みつく。

「要……さん……」

今まで一度として呼んだことがない、男の名前を呼ぶ。胸の奥でぱちりと音を立てて、火花が散った。要が驚いたように、瞳を瞠《みは》った。そして次の瞬間、柔らかに微笑む。

「もっと呼んでくれ」

耳朶《じだ》に甘い男の声が落とされる。希《こいねが》う男の声に促《うなが》されるまま、瀬那は要の名を呼ぶ。

「要……」

男の瞳の中にとろりと甘い情欲の炎が揺らぐ。堪《こら》えきれぬといったように、要は遠慮なく体重をかけ、自身の分身を瀬那の泥濘《でいねい》の中に一気に沈めた。

内側を押し開かれる感覚に、瀬那は唇を噛み締める。

舌で解されただけのその場所は、要のものを受け入れるにはまだ狭い。

けれど、絶頂の余韻でいい具合に脱力した体が、柔らかに解れて要を根元まで呑み込んだ。

張り裂けそうな圧迫感に怯《おび》える気持ちと同時に、久しぶりに受け入れた男の質量に心が満たされてもいる。

自分だけでは埋めようのない虚《うろ》を満たされて喜ぶのは、女の性《さが》ゆえなのか――

体を倒してきた男が、瀬那の様子を確認するために、顔を覗き込んでくる。

「本当に不器用な女だな……」

汗で張り付いた前髪を梳《す》き上げられ、額に男の唇が触れる。

その綺麗な顔が滲《にじ》んで見えて、瀬那はようやく自分が泣いていることに気づいた。

あれだけ乾いて、痛みすら覚えていた瞳が濡れている。

これが生理的な涙だとしても、泣けたことに瀬那の心は緩んだ。

――ああ、泣いてもいいのだ。

泣く理由がここにある。瀬那は男の背に腕を回して縋《すが》りついた。

「んぅう！」

男の唇を求めて、瀬那は自分から口づける。舌を絡ませると、勢いよく胎《はら》の奥を突かれて、揺さぶられた。互いの汗にぬめった肌を擦りつけ合い、擦れ合う下生えの掻痒感《そうようかん》すら快楽に変わる。

打ち付けられる肌の振動が快感に直結し、下腹部から広がる熱が瀬那の脳を痺《しび》れさせた。

涙が溢《あふ》れて止まらなくなる。その涙を男の唇が拭った。

「瀬那」

とろりと甘い熱を孕《はら》んだ瞳が瀬那を見つめ、その唇が労《いたわ》るように瀬那の名を呼ぶ。

求められ、欲しがられているという安心感が、瀬那を蕩《とろ》けさせる。

泣けぬまま一人孤独に過ごすと思った夜は、要によって壊された。

泣く理由を見つけた瀬那は、ただ男の背にしがみついて、長い夜を駆け抜けた――

☆

あの夜のことで思い出すのは、いつも要の瞳の色だ。

常夜燈のオレンジの光に照らされた男の瞳は、まるで溶けたチョコレートみたいなとろりと甘い光を放っていた。

まるでこの世の中で、望むものは瀬那一人だと言わんばかりの熱が宿った瞳に、心も体も乱された。あの瞳が鮮明に脳裏に焼き付いて、記憶から消すこともできない。

かといって、その後の二人の関係が大きく変わったかといえば、そんなことはなかった。

要は何事もなかったように翌朝には帰っていったし、瀬那も引き留めなかった。

結局、二人の関係は今も曖昧《あいまい》なままだ。暗黙の了解のように、あの夜のことには、二人とも触れない。

けれど、瀬那は知っている。あの夜から要が瀬那を見る瞳は変わった。その瞳にあからさまな熱が宿るようになった。

その意味に気づかないほど子どもじゃない。だけど、要は何も言わない。だから、瀬那も動けない。互いに駆け引きをしているつもりは、多分ない。

いい年をした男女が、まるで恋を覚えたばかりの子どものようだ。

いっそ滑稽《こっけい》だと思うのに、互いに素直になりきれない。

要への恋は自分の中で完結させて、終わりにしたはずだった。

けれど、男の眼差しに搦《から》め捕られて、再び芽吹いた恋の花は、瀬那の戸惑いなど知らぬげに、日々大きく育っている。

――本当に何やってるのかな?

洗い物を終えた瀬那はちらりと要を見る。要は手持ち無沙汰な様子で珈琲《コーヒー》カップを弄《もてあそ》んでいた。中身はとっくに空《から》になっている。

「もう一杯飲みますか?」

「さっきの冷茶をくれ」

珍しい注文に、瀬那は意外に思い、目を瞬《またた》かせる。要は、この店で珈琲《コーヒー》以外のものを注文したことは今までなかった。

「何だ? 牧瀬たちには出してただろう?」

すぐに応《こた》えない瀬那に、要が不機嫌そうに瞳を眇《すが》めた。

「ちょっとお待ちください」

じろりと睨《にら》まれて、要の顔を凝視していた瀬那は、はっと我に返って濡れた手を手拭いで拭ってから、冷蔵庫から冷茶のボトルを出し、ガラスのグラスに注《つ》いだ。

──日本茶はあまり得意じゃないのに……どういう風の吹き回し？

そう思いながら、要の前にグラスを置く。

「どうぞ」

グラスを手にした要は、一気に飲み干した。眉間《みけん》に皺《しわ》が寄る。

「やはり、緑茶は苦手だな」

苦笑交じりに要が呟く。

「珈琲《コーヒー》を淹《い》れ直しましょうか？」

「いや、次の予定があるから帰る。市原もそろそろ夜の営業の準備を始める時間だろ？」

腕時計に目を落とした男は、時刻を確認して席を立った。

言われて瀬那も、店の時計を見上げる。祖母の代から使っている鳩時計は、四時半を指していた。

要が出入り口に向かって歩き出し、瀬那も見送りのためにその後を追う。

「……市原」

「はい」

引き戸の前で要が立ち止まった。

「今晩、店が終わった頃にまた来る」

「え？」

驚きに瀬那の動きが止まった。今日の要は普段と違うことばかりを言うから、瀬那は戸惑う。

要が夜に訪れたのは一度だけ──瀬那が祖母を亡くしたあの夜だけだ。

あの夜の甘さを孕《はら》んだ要の瞳が、一瞬で思い出された。鼓動が一気に速くなる。

「話がある。だから、今晩もう一度来る」

念を押すようにそう言うと要は瀬那の返事も聞かずに、引き戸を開けてさっさと外に出てしまった。

「西園さん！」

要の真意が知りたくて、呼びかけるが男は振り向かない。瀬那はその背を追って外に出た。

駐車場では要が出てきたことに気づいた牧瀬が、車の外に出てきた。要のために後部座席のドアを開けて待つ。その手には瀬那が差し入れたお盆を持っていた。

「ごちそうさまでした」

要は無言で車に乗り込み、追い付いた瀬那に牧瀬がお盆を差し出してくる。

「今日も美味《おい》しかったです。ありがとうございました」

丁寧に頭を下げる牧瀬に、瀬那は要を引き留める言葉を口にできなくなる。

「どういたしまして……お気をつけて」

お盆を受け取り、瀬那は牧瀬が車に乗り込むのを見守るしかなかった。

車が滑《なめ》らかな動きで駐車場を出ていく。遠ざかる車を瀬那は複雑な思いで見送った——

☆

夜の営業が始まってからも瀬那の心は落ち着かなかった。

「熱燗と、鯛《たい》茶漬けの追加ですね。少々お待ちください」

客からの注文を伝票に書き付けた瀬那は、ふと店の時計を見上げた。時刻は夜の九時になろうとしている。店の閉店時間まであと一時間弱。当たり前だが、要の姿はまだ見えない。

『店が終わった頃にまた来る』

要が来るとしたら店の営業が終わった後だとわかっているのに、つい時計を見上げてしまう。そのたびに、ちっとも進まない時計の針に、ため息を吐きそうになる。

――今はまだ営業中。しっかりしないと！　こんな浮ついた接客を見られたら、会長に怒られる。

要の祖父の顔を思い出して、気合を入れ直し、瀬那は店内の客にラストオーダーを確認して回った。

「周ちゃん、これ三番さんのラストオーダー」

「瀬那、どうした？」

「え？」

注文を伝えるために、厨房に戻った瀬那に、調理の手を止めた周大が、そう声を掛けてきた。

「さっきから何かそわそわしてる」

周大の問いにドキリとする。自分が浮ついている自覚はあった。できるだけ表に出さないようにしていても、いつも一緒に過ごす幼馴染にはバレバレだったのだろう。

「また、あの人か？　何かあったか？」

眉間《みけん》に皺《しわ》を寄せた周大からの鋭すぎる問いに、瀬那は苦笑を漏らす。

「……そんなにわかりやすかったかな？」

「接客はいつも通りだ。でも、さっきから時計ばかり見てるだろ」

心当たりのある瀬那は、「うん、ごめん……」と謝るしかなかった。

「何かあるなら相談に乗るぞ？」

優しい周大の言葉に、何と答えたものか迷う。今から要が訪れる予定だと告げたところで、この幼馴染を戸惑わせるだけだし、あまり意味はないだろう。これは瀬那の問題だ。

「ごめん。たいしたことじゃないの。接客もちゃんとするね」

「別に謝ることじゃない。何でもないならいいが、何かあるなら……」

「瀬那ちゃん！　お会計お願いできるかい？」

話の途中で、食事を終えた客に声を掛けられた。

「はーい。今行きます！」

それに応《こた》えた瀬那は、周大との会話を切り上げて、レジに向かう。周大の傍を離れられることに、内心でホッとしていた。幼馴染が純粋に瀬那の心配をしてくれているのはわかっているが、過保護なところがあるのだ。

会計を済ませた客を出入り口まで見送りに出る。それを繰り返している間に、満席だった店内の客が次々と帰っていく。閉店時間間際、客はあと一組を残すのみとなっていた。彼らも帰り支度を始めている。

「瀬那ちゃん。今日もごちそうさま。美味《おい》しかった」

「ごちそうさまです！　周大さんもまたね！」

「ごちそうさまです」

「遅くまですみません。ごちそうさまでした」

仕事帰りの四人連れの客は、それぞれに周大と瀬那に声を掛けてくる。それに瀬那たちは笑顔で応《こた》えた。女性一人、男性三人組で、年齢は様々だが、仲のいい同僚らしい。よく仕事帰りに寄ってくれる常連客だった。

「いつもありがとうございます。またいらしてください」

そう言って、瀬那は今日最後の客たちを見送りに出る。四人が敷地の外に出るのを見守って、本日の営業終了を知らせるために、のれんを下ろした。そして、閉店中の看板を店の入り口にかける。

そろそろ要は来るだろうかと、駅に通じる通りに目を向けた。

――周ちゃんがいる間は来ないかな？

来るとしたら、瀬那が一人になった時間を狙ってくるような気がした。そうなると、来るのはきっと、日付が変わる頃になるだろう。

――そんな時間に、あの人は一体何をしに来るのだろう？　私に何の話があるのかな？

疑問とも期待ともいえない淡い感情が胸に浮かび上がって、瀬那の心を揺らす。

自分の心がひどく浮ついているのがわかる。

——こんなんだから周ちゃんが心配するのよね。

ため息を一つ吐いて、瀬那は後片付けのために店の中に戻ろうとした。

その時、通りの方から激しいアクセル音と何かがぶつかる大きな音が響く。

「おい！　誰か轢《ひ》かれたぞ！」

「誰か警察！　救急車も呼んで！」

「あ！　待て！　逃げるな！」

続いて人の怒鳴り声が聞こえてくる。

その声が、先ほど見送ったばかりの客たちの声に聞こえて、気になった瀬那は通りが覗ける位置まで出た。

「あ、瀬那さん！　すぐそこで轢《ひ》き逃げがあったんだ！　警察と救急車を呼んで！　僕、この辺の住所はっきりわからないから！」

先ほど見送った客の一人が血相を変えて引き返してきたと思ったら、そう言って瀬那の手を掴んだ。そのまま常連客に事故現場まで、強引に連れていかれる。

駅に通じる大きな通りに出る直前の路地に、誰かが倒れているのが見えた。それを残りの客たちが囲んでいる。

「瀬那さんを連れてきた！」

その声に彼らが振り返る。倒れている人間の様子が、瀬那の位置からでもよく見えるようになった。

「え……？」

街灯に照らされた人の姿に見覚えがあって、瀬那は驚きに足を止める。

長い手足を地面に投げ出して横たわる男のスーツは、昼間見たオーダーメイドのものによく似ていた。少し長めのアッシュブラウンの髪が、血に染まっている。

──嘘……そんなはずない……

「……うぅ……」

呻《うめ》いた男が瀬那の方に顔を向けた。街灯に照らされたその顔は、いつも憎らしいと思うほど整った男の顔で──

次の瞬間、瀬那は常連客の手を振り払って、要に駆け寄った。

「西園さん！　しっかりしてください！」

瀬那の呼びかけに要が低い呻《うめ》き声を上げ、顔を顰《しか》めた。轢《ひ》かれた際に、切ったのか、額の右上から出血している。流れ続ける血が、要の秀麗な顔を汚していた。

「西園さん！　西園さん！」

目を開けない要に動揺して、瀬那は何度も彼の名前を呼びながら、倒れている要の頭を抱き上げる。心臓が誰かに掴まれているようにぎゅっとなって、体が震えた。

「あ、瀬那ちゃんの知り合い？」

瀬那の呼びかけに常連客たちが驚いたような声を上げる。

「あ、頭を打ってるかもしれないから、揺さぶっちゃダメ！」

要を起こそうと体を揺さぶる瀬那を、女性客が慌てた様子で止めた。

「それよりも早く、警察と救急車を呼びたいからここの住所を教えて！」

すでに警察に電話中だった客の一人に問われて、瀬那は住所を答えようとした。

「あ、お店……住所は……」

だが、動揺で頭の中が真っ白になった瀬那は、すぐに店の住所が出てこない。そんな自分のポンコツぶりが嫌になる。泣きたくないのに、視界が涙で滲《にじ》んだ。そんな瀬那の耳に客がスマートフォンを当ててきた。

『ご近所のお店の方ですか？　店の名前を教えていただけますか？　目印になるものでもいいです。それがわかればこちらから向かいます』

耳に当てられたスマートフォンから、冷静な声が聞こえてくる。その声に、瀬那は落ち着きを取り戻す。客からスマートフォンを受け取った瀬那は一つ息を吐き出す。

――しっかりしろ！　こんな時こそ冷静になれ。

「店の名前はなごみです。住所は……駅からうちの店に入る通りにいます」

『なごみさんですね。わかりました。もう付近の警官がそちらに向かっています。もう少しお待ちください。救急車もこちらで手配しています。誰か誘導できる人がいれば、駅前の通りに配置してください』

「わかりました」

『警官が着くまで通話はこのまま続けてください』

「はい」

瀬那は警察官に言われたことをそのまま常連客に伝える。

「あ、じゃあ、俺、誘導する！」

客たちの中で一番若い男性客が、駅に通じる大きな通りに向かって走り出した。

微かにパトカーのサイレンの音が聞こえてくる。瀬那はスマートフォンを客に返して、腕の中の要の様子を確認する。

「西園さん！　大丈夫ですか？」

瀬那はもう一度、要に声を掛けるが、彼が応《こた》えることはなかった。前掛けに挟んでいた手拭いを、切れた要の額に押し付けて止血する。痛みに、一瞬要は呻《うめ》いたが、その切れ長の目が開くことはない。

――大丈夫。きっと大丈夫。この人は悪運だけは強いもの。自分でそう言ってたもの。だから大丈夫。

そう言い聞かせて、何とか冷静さを保とうとする。

けれど、動揺は体に表れていた。自分の鼓動がうるさいほど駆け足になっているのがわかる。呼吸も速くなっていた。要の額を押さえる指が不安で震えている。額の他に怪我をしていないか要の全身に視線を走らせるが、見える範囲に怪我はなさそうだった。

遠くにサイレンの音が聞こえるのに、なかなかやってこない。

まるで時間が止まっているように思えて、焦りだけが募《つの》っていく。

「彼、駅から歩いてきてたんだ。そこに後ろから車が来て、いきなりアクセルをふかして彼に追突したんだ。止めようとしたんだけど、そいつそのまま逃げてっちゃって……」

救急車と警官の到着を待つ間、瀬那を呼びに来た客が、状況を説明してくれる。

「まるで、彼を狙っていたみたいだった」

ぽつりと隣にいた女性客がそう言って、瀬那は驚きに彼女を振り仰ぐ。

「まさか……そんなわけないだろ。ドラマや小説じゃあるまいし……」

もう一人いた男性客が引きつった顔で否定するが、「いや、でも、この人がライトに照らされた途端、加速したじゃない」と女性客が反論する。

「確かに轢《ひ》いた後も、車から降りもしないで、すぐに逃げたよな」

「いや、動揺して、逃げちゃっただけじゃないか？」

そう言い合いながら、客の表情が心もとなげなものに変わる。

——どういうこと？　この人を狙って轢《ひ》いたってこと？

瀬那が、もっと詳しく話を聞こうとした時。

「瀬那！　何があった？」

そこに騒ぎに気づいた周大がやって来た。血まみれの要を膝に乗せた瀬那に気づいた周大の顔色が変わる。

「あ、周ちゃん！　西園さんが轢《ひ》き逃げに遭ったの！　牧瀬さんたちに連絡したいから、店から私のスマホを持ってきて！」

周大の顔を見た瀬那は、要の家族や秘書に連絡することを思い出して、そう頼む。

「わかった」

余計なことは問わずに、周大は店に取って返した。すぐに瀬那の財布とスマートフォンを持って戻ってきてくれる。

それとほぼ同時に、警察と救急車が到着し、すぐに応急処置が始まった。

「この方のお名前とか年齢とか、わかる方いますか？」

「西園要さん。三十五歳です！」

瀬那が救急隊員の質問に答える。

「ご家族の方ですか？」

「いえ、違います。……友人です」

関係を問われた瀬那が、言葉を濁《にご》す。救急隊員の男性はそれに気づくことなく、質問を続ける。

「ご家族の方に連絡をつけることはできますか？」

「できます」

「何か、持病があるとか、聞いたことはないですか？」

「ないはずです……」

「わかりました。一緒に来てもらうことはできますか？」

「大丈夫です」

瀬那が質問に答えている間に、他の救急隊員にストレッチャーに乗せられた要が救急車の中に運び込まれる。

「瀬那！」

それに続こうとした瀬那は、周大の呼びかけに振り向く。

「状況が落ち着いたら連絡しろ！」

「わかった！　悪いんだけど、お店の方はお願い！」

「わかった！　任せろ！」

力強い返事に安心して、瀬那は救急車に乗り込んだ。

☆

救急車の中で、牧瀬に連絡を取り状況を伝えると、すぐに西園家のかかりつけの病院へ搬送が決まった。

このまま瀬那が要に付き添い、牧瀬は自宅から病院に向かい、向こうで落ち合うことになった。

要の家族への連絡も、牧瀬がしてくれることになった。

病院に到着し、要はすぐに処置室に運ばれていく。

「市原さん！」

救急出入り口で牧瀬と他の秘書が待ち構えていた。要の両親や会長は今ここに向かっているらしい。要の処置が終わるのを彼らと一緒に待つことになる。

「市原さん。座った方がいい。顔色が悪い」

牧瀬が年長者らしく瀬那を気遣い、処置室の前のベンチに連れていってくれる。

ベンチに座った途端に、どっと疲労が押し寄せてきた。押し込めていた不安を思い出す。泣きたくもないのに、視界が滲《にじ》んできて、自分でもびっくりする。

救急車の中でも要の意識は戻らなかった。

「よかったらどうぞ」

そんな瀬那の様子を見かねたのか、牧瀬が紙のカップに入った甘い匂いのするカフェオレを渡してくれる。

「ありがとうございます」

受け取ったカフェオレのぬくもりに、冷え切った指先が温められた。それで瀬那は自分が、いまだにひどい緊張状態にあることに気づく。

牧瀬の気遣いを無駄にせず、カフェオレに口をつける。熱いカフェオレが、喉を通って、胃の中から体が温められた。緊張がわずかに緩む。

「少し顔色がよくなりましたね。よかったです」

牧瀬が柔らかく微笑んで、瀬那の横に座った。

「ご連絡ありがとうございました。先ほどは電話であまり詳しく聞けなかったので、よろしければ、社長がどういう状況で事故に遭ったのか教えていただけますか？」

「私もあまり詳しい状況はわからないんです。お店のお客さんに店の傍で人が轢《ひ》かれたと呼ばれて……」

それから瀬那は先ほどの事故現場での様子を牧瀬に語った。話すうちに状況が整理できて、瀬那の気持ちも落ち着きを取り戻し始める。

「そうですか。でも、社長が事故に遭われたのが市原さんのお店の傍でよかったです。すぐに病院の手配ができましたから」

牧瀬は瀬那を安心させるように、微笑んでそう言った。その顔を見ているうちに、瀬那は先ほど客たちに聞いた不穏な話を思い出す。

――まるで西園さんを狙っているみたいだったって……

牧瀬に話したものかと迷うが、これが故意による轢《ひ》き逃げであれば、犯人逮捕のためにも情報は必要だろうと、意を決して牧瀬に話し掛ける。

「あの……一つ、伺ってもいいでしょうか？」

「何でしょう？」

「事故を目撃したお客さんが気になることを言ってたんです。西園さんを轢《ひ》いた車は、まるで彼を狙っているみたいだったって……」

瀬那の言葉に、牧瀬の表情が驚きに満ちたものに変わった。

「それは本当ですか？」

「はい。車は西園さんを見つけて急にスピードを上げたみたいに見えたって……事故の後も、西園さんの様子を確かめることなく、逃げていったって……」

牧瀬は何かを考えるように黙り込んだ。その横顔が今までに見たこともないほどに張り詰めているように思えて、瀬那の中の不安が膨らみ始める。

「……牧瀬さん？　もし、何かあるのなら教えていただけませんか？」

瀬那の言葉に、牧瀬が困ったように笑って、大きく息を吐き出した。

「……市原さんは事故の現場にいたのだし、隠しても仕方ありませんね。実はここ最近、社長あてに脅迫状めいたものが届いているんです」

「脅迫状⁉」

牧瀬の言葉に瀬那は驚いた声を上げてしまう。そして、ここが病院であったことを思い出して、慌てて口元を押さえる。牧瀬は困ったように笑うと話を続けた。

「はい。そこまではっきりしたものではないのですが、少し内容が不穏で……そろそろ警察に相談しようかと話し合っていたところなんです」

「そんな！」

――じゃあ、この事故はまさか、本当に……

顔から血の気が引くのがわかる。瀬那の考えを察したのか、牧瀬が無言で首を横に振った。

「わかりません。たまたま轢《ひ》き逃げに遭っただけかもしれませんし、確証は何もありません」

そう言いながら、牧瀬も瀬那と同じことを考えているのがわかる。

沈黙が二人の間に落ちた。

――何で？　確かに強引なところはあるけど、誰かに恨みを買うような人じゃない。

瀬那には要が命まで狙われるようなことがあるとは思えなかった。

その時、処置室の扉が開いて、要を乗せたストレッチャーが出てきた。

牧瀬と瀬那は思わずベンチから立ち上がる。

「幸い外傷は打撲のみです。ただ、頭を打っているのか意識が戻りません。これから頭部の検査を行います。もう少しお待ちください」

ストレッチャーの後から出てきた医師の説明に、瀬那は両手を握りしめる。

検査は深夜までかかるとのことだった。それは待つ身にしては、ひどく長い時間に思えた。

要が検査に向かった後、彼の両親と会長が病院に駆けつけてきた。

「瀬那ちゃん」

「会長。お久しぶりです」

声を掛けてきた要の祖父の西園匡邦《まさくに》に、瀬那はベンチから立ち上がって頭を下げる。

「要が世話になったね。瀬那ちゃんの店の傍での事故でよかったよ。おかげで発見が早かった」

「いえ、ほとんど何もできなかったので……」

瀬那は俯《うつむ》いて、首を横に振る。匡邦がそんな瀬那の肩をそっと叩く。

「いや、ここまで付き添ってくれただけでもありがたいよ。要なら大丈夫だ。轢《ひ》き逃げに遭った割に、外傷は軽い打撲だけらしいじゃないか。そのうち目を覚ますさ！」

笑う匡邦の言葉に、瀬那は頷くことしかできなかった。

要の検査の結果が出たのは、深夜の二時を過ぎた頃だった。

頭部CTの結果も、この時点で異常は認められないと聞いて、集まった関係者一同、ホッと胸を撫で下ろした。後々に起こりえる硬膜《こうまく》下血腫《かけっしゅ》などの危険性についても説明されたが、それはもう経過を見るしかない。

後は、要の意識が戻るのを待つばかりとなり、瀬那は一度、帰宅することにした。

匡邦には引き留められたが、家族でもない瀬那が病室に居座るべきではないと思い、明日もう一度見舞いに来ると告げて、瀬那は病院を後にした。

しかし、この後意識を取り戻した要によって、予測もしなかった事態に直面することになるとは、この時は誰も想像していなかった――

第2章　嘘つきたちの戸惑い

ほとんど一睡もできないまま瀬那は朝を迎えた。

簡単に朝食を済ませた後、今日の着物を選ぶ。こんな時に衣装選びもないだろうが、昨日からの怒涛《どとう》の出来事に、心が疲れ切っている自覚があった。

せめて明るいものでも着れば、少しは気持ちを立て直せるかもしれないと、瀬那は着物や帯を収納している和箪笥《わだんす》の前に立った。

昨日着ていた着物と帯は要の血や、膝をついた時にアスファルトの砂埃《すなぼこり》がついたのか、惨憺《さんたん》たる有様になっていた。

帰ってきた後、汚れは落とせるだけ落としたが、一度、懇意にしている和服専門のクリーニング店に出さなければならないだろう。それでも帯についてしまった染みを綺麗にするのは難しいかもしれない。気に入っていた帯だけに、綺麗になることを願うが、ダメならダメで諦めるしかない。

——よし、今日は爽《さわ》やかさをイメージして選ぼう。

窓から入る日差しは初夏らしい柔らかな爽《さわ》やかさがあった。そのイメージで着物を選ぼうと決める。

瀬那は単衣《ひとえ》の着物が仕舞ってある和箪笥《わだんす》の引き出しを開けた。その中からこの時期にピッタリな黄緑と緑、白の縦縞《たてじま》の着物を選び、帯はイチゴと薔薇《ばら》の柄の半幅帯にした。

——これなら小物は赤にしようかな。

地紋に薔薇《ばら》が染められている赤の帯上げと、赤い帯締めを選んで、手早く着物を着付けていく。

すっかり手慣れた作業には、十五分もかからない。出来上がりを鏡で確認して、瀬那は満足する。

しかし、鏡に映る自分の顔が、寝不足のためか疲れて見えたので、瀬那は気合を入れるために軽く両頬を叩いた。

「よし！　大丈夫！」

そう呟いて、外出の用意をした瀬那は一階の店に下りた。厨房にはすでに仕込みを始めていた周大がいた。

「周ちゃん、おはよう」

瀬那の声に、周大が調理の手を止めて顔を上げた。

「おはよう。大丈夫か？　少しは寝たのか？」

周大が心配そうに瀬那の顔を見る。さすがに幼馴染は、瀬那の寝不足を見抜いているらしい。

「うん。大丈夫。寝てないのは周ちゃんも一緒じゃない？　昨日はごめんね。店の片付けとか全部してくれてありがとう。助かった」

昨日、周大は宣言通りに、瀬那が帰るまで店に留まり、閉店作業をすべてしてくれた。

帰ったのも明け方近くだ。それから、仕入れなどで朝市に行っているはずだから、寝ていないのは周大の方かもしれない。

「俺は慣れてる。もともと睡眠時間も短いから気にしなくていい」

「うん。ありがとう。でも、無理しないでね。もしきつかったら、今日の昼の営業は臨時休業にするよ？」

瀬那の言葉に、周大が仕方ない奴だと言わんばかりに苦笑する。

「それだとせっかく仕入れた魚が勿体《もったい》ない。今日はいい初鰹《はつがつお》が手に入ったんだ。昼の営業はする。瀬那はあの人の見舞いに行くんだろう？　昼の営業は何とか俺一人でも回せるから、早めに行ってこい」

「いいの？」

「何とかなるだろ。瀬那みたいに細かい接客は無理だが、個室とテラス席を閉じて、店の中だけにするなら俺だけでも大丈夫なはずだ」

力強い幼馴染の言葉に、迷っていた瀬那は心を決める。周大には昨日、帰ってきた時点で、要の状態は伝えてあった。できれば今日、日中に要の様子を見に行きたいとも相談していた。

「じゃあ、お言葉に甘えて行ってくるね。なるべく早く戻ってくるから」

「時間は気にしなくていい。気をつけてな」

「うん。ありがとう。お願いね」

瀬那は周大の言葉に背中を押されるように、要が入院する病院に向かった。

受付で確認すると要は集中治療室から病院の特別室に移されたらしい。瀬那は教えられた病室に行くためエレベーターに乗り込んだ。

「市原さん。おはようございます」

特別室がある階に着き、エレベーターを降りると、丁度、病室から出てきた牧瀬と行き会った。

「おはようございます。西園さんの様子はどうですか？」

「社長なら明け方に意識を取り戻しました。今は、検査のために出ています」

要の意識が戻ったと聞いて、瀬那はホッと安堵の息を漏らす。

「それはよかったです」

表情を緩める瀬那とは対照的に、牧瀬の表情はどこか緊張したものだった。

「どうかしたんですか？」

それが気になって瀬那が尋ねると、牧瀬は深々と息を吐いた。

「ここでは何ですから、中にどうぞ」

牧瀬は要が入院している特別室の中に、瀬那を招き入れた。中はまるで一流ホテルのような豪華さだった。応接セットや冷蔵庫、大画面のテレビなどが設置されていた。

瀬那は牧瀬に促《うなが》されるまま、応接ソファに座る。

「もうすぐ社長が戻ってきます。お会いになったら市原さんもおわかりになると思うのですが……」

とても話しづらそうに、今の要の状態について説明を始めた。

「轢《ひ》き逃げに遭った割に、社長の体は軽い打撲くらいで済みました。しかし、どうやら、社長の記憶が失われているらしいのです」

「え……？　記憶がない？　西園さんの？　どういうことですか!?」

牧瀬の説明に驚愕《きょうがく》した瀬那は大きな声を上げてしまい、慌てて口元を押さえる。

そういえば、昨日もこんなことがあったと、瀬那は思い出す。牧瀬も同じだったのだろう。今日会って初めて牧瀬の表情が緩んだ。それは苦笑に近いものではあったが、笑ったことで牧瀬の肩の力が抜けたのだろう。いつもの穏やかさを取り戻した彼の説明が続く。

『全生活史健忘《ぜんせいかつしけんぼう》』――それが要につけられた病名だった。簡単に言ってしまえば記憶喪失だ。生まれてからこれまでの過去の記憶を、要はすべて失っているらしい。自分のこともはっきりとは思い出せないと、牧瀬は語った。

要は目覚めた当初、事故のショックなのか、意識がぼんやりとしていた。

昏睡《こんすい》と覚醒を何度か繰り返した後、意識がはっきりと目覚めた。病室に待機していた牧瀬たちは、要が目覚めたことを喜んだが、すぐに彼の様子がおかしいことに気づいた。彼は自分の名前も思い出せず、何故自分が病院のベッドで寝ているのかわからなかったらしい。

すぐに医師が呼ばれ、昨夜のＣＴでは見落としがあったかもしれないということで、急遽頭部のＭＲＩ検査が行われたが、そちらのデータにも何ら異常は認められなかった。

そして、つけられた診断名が、『全生活史健忘《ぜんせいかつしけんぼう》』。

様々な要因が考えられるが、要の場合は事故による脳震盪《のうしんとう》が原因で起こった一過性のものである可能性が高いと判断された。

映画や小説などにも取り上げられるが、事故などで頭に強い衝撃を受けると、その前後の記憶がなくなることは、実際によくあるらしい。

脳の損傷が原因であれば、言語や歩行、最悪は生命維持に必要な呼吸器官などに支障をきたす症例もあるが、要の場合は、昨日の時点でそこまでの損傷は確認されなかったし、今日の検査でも異常は見つからなかった。今は念のために脳波の検査を受けに行っているらしい。

記憶のすべてを失うというのは珍しい症例ではあるが、この状態が一生続くとは考えにくいとのことだった。

ただ、現時点で、失ってしまった記憶が、いつどんな風に戻ってくるかは、誰にも予測できない。明確な治療法もなく、カウンセリングを繰り返し、経過を見ていくしかないらしい。

牧瀬の説明を聞きながら、瀬那は言葉をなくしていた。

――あの人が記憶喪失?

まるで小説やドラマの中の出来事のように、現実感がなかった。

「市原さんにお会いになったら、すぐに記憶を取り戻すかもしれませんよ」

いまだに瀬那と要の関係を誤解している牧瀬の言葉に、それはないと瀬那は首を振る。

瀬那たちの関係はそんなドラマチックなことが起こるようなものではない。

かつての上司と部下で、一度だけ肌を重ねたことがある――ただそれだけの関係だ。

今の関係など、友人とも知り合いとも言えない、何とも曖昧《あいまい》なものだ。

ただ一つ気になるのは、昨日の要の態度だ。まるでこの曖昧《あいまい》な関係の変化を望むような男の態度が、ずっと瀬那の胸に引っかかっている。

『もう！　西園さんたら！　口がうまいんだから！』

牧瀬の説明が終わったのを見計らったように、廊下から華やかな女性の声が聞こえてきて、特別室の扉が開けられた。

看護師に車いすを押されながら要が部屋に入ってきた。先ほどの華やかな声はこの看護師が発したものらしい。

「そんなことはないですよ。こんな美人な看護師さんにお世話してもらえるなんて、私は本当に運がいい」

二人の楽しそうな様子に、瀬那は胡乱《うろん》な眼差しを要に向ける。横で牧瀬が非常に気まずそうな表情になっていた。

――ずいぶん、楽しそうですね。

心配していただけに、瀬那はイラッとした。

――私が心配する必要はなかったみたい。

たとえ記憶がなかったとしても、美人な看護師を口説く元気があるなら大丈夫だろう。

大きく貼られた額のガーゼは痛々しかったが、要本人はすこぶる元気そうだ。

こうなると一人で店を任せている周大が心配になり、瀬那は今日はもう帰ろうと思った。

後日、要の病状が落ち着いた頃にでも見舞いに来ればいい。

どのみち、今挨拶《あいさつ》したところで、要は瀬那のことも覚えていないのだろう。

そう思った瀬那はソファから立ち上がった。それにより、車いすを押す看護師と目が合う。瀬那と目が合った看護師が朗《ほが》らかな笑みを浮かべた。

「あ、ほら！　西園さん！　奥さんが来てますよ！」

看護師の言葉に、瀬那はぎょっとする。

――は？　奥さん？　誰が誰の？

何をどうすればそんな勘違いが発生するのか。驚きすぎて、瀬那は動けなくなる。

確かに昨日、瀬那は要に付き添って救急車に同乗し、その後も要の家族と一緒に医師の説明を受けていた。だから、家族の一人と思われたのかもしれないが、奥さんはないだろうと思う。この看護師はそそっかしいのかもしれない。早とちりもいいところだ。

「……奥さん？」

看護師の言葉に要が訝《いぶか》しげに顔を巡《めぐ》らせて、瀬那と牧瀬のいる応接セットに視線を向けた。

瀬那と要の目が合った。瀬那の顔を見た要の瞳が、大きく見開かれる。

――え、何？　そんなに驚くような顔してないはずよ？

あまりにじっとこちらを見る要の視線の強さに、瀬那は戸惑う。

「瀬那……？」

呟くように、要が瀬那の名前を呼んだ。今度は瀬那が、驚きにその瞳を見開くことになる。

「社長！　記憶を思い出されたんですか？」

要の呟きを聞き取った牧瀬が興奮した様子で、要のもとに走り寄った。

だが、その直後、要が「うっ……」と呻《うめ》いて、額を押さえた。顔色が一気に悪くなる。

「西園さん？　大丈夫ですか？」

要の不調を感じ取った看護師がすかさず車いすの前に回り込んで、要の様子を確認する。

「大丈夫です。今、急に頭が痛くなったんですが、治まりました」

頭痛を振り払うように、要がゆるゆると首を横に振って、看護師の質問に大丈夫だと手を上げて答えた。

そして要の視線が再び瀬那に戻ってくる。

「瀬那?」

もう一度、確かめるように名を呼ばれて、瀬那は呪縛が解かれたように、要のもとへ歩み寄る。

何だかひどく胸が騒いだ。そんなこと起こるわけがないのに、何もかもを忘れたはずの要が、瀬那のことだけは覚えている。

——そんな奇跡みたいなことが、本当に起こったのだろうか?

車いすに座る要に目線を合わせるために、瀬那は屈《かが》んで怜悧《れいり》な美貌を覗き込む。

「私がわかるんですか?」

瀬那は恐る恐る要に問い掛けた。要はまじまじと瀬那の顔を見て、ふっと笑った。

「俺の奥さんは着物がよく似合う美人だな」

今まで瀬那には向けられたことがないような軽薄な物言いと奥さんという言葉に、瀬那の唇から落胆のため息が漏れた。

「記憶が戻ったわけじゃないんですね……」

期待に膨らんだ胸が、急速に萎《しぼ》んでいく。

――そんな夢みたいなことが起こるわけがないじゃない。ドラマや小説じゃあるまいし……

瀬那はひっそりと苦笑すると要を見上げた。そんな瀬那の様子に、要の顔が真顔になる。

「何故そう思う？　君は瀬那で間違いないんだろう？」

「ええ、私は瀬那です」

何故だかひどく泣きたくなりながら、瀬那は答える。要が何かを言いかけて口を開こうとした。

「さすがです！　自分のことは忘れても奥さんのことは忘れなかったんですね！」

だが、それよりも早く、看護師が感動したように声を上げた。

「あ、こうしてはいられない！　先生を呼んできますね！　このままお待ちください」

そう言うなり引き留める間もなく、彼女は踵《きびす》を返して医師を呼びに行ってしまった。

病室に牧瀬と瀬那、要の三人が残される。

何とも言えないその場の空気を取り繕《つくろ》うように、牧瀬が咳払いをした。

「お疲れでしょう。一度、横になりますか？」

牧瀬が要を気遣って、そう尋ねると要は首を横に振った。

「いや、大丈夫だ。それより喉が渇いた。水分は摂ってもいいと言われた」

「そうですか。では何かご用意しますね」

牧瀬が要の車いすを移動させるため、彼の後ろに移動したので、瀬那は立ち上がって、場所を譲る。要が物言いたげな顔で、瀬那を見上げてくる。その顔が何だか心細げに見えて、瀬那は首を傾げた。見慣れない男の表情に、要の記憶がないという実感が湧き始める。普段の要ならこんな弱気な表情を人に見せることは絶対にない。

「何か？」

「瀬那はまだいるのだろう？」

要の問いに、瀬那は答えに迷った。今日はもう帰ろうと思っていたのだ。まさか引き留められるとは思っていなかった。

「もう少しだけ話がしたい」

それを察したのか、要が瀬那の着物の袖《そで》を掴んだ。まるで置き去りにされる子犬のような表情に、瀬那はふっと笑う。

「……わかりました。もう少しだけいます」

「よかった」

瀬那の返答に要がにこりと軽やかに笑った。少年のような軽やかな笑みに、瀬那の心が衝撃を受ける。

――ああ、この人は私の知ってる西園要じゃない。

その事実が瀬那を襲った。瀬那の知っている西園要は、こんな風に喜怒哀楽をはっきり表に出す男じゃない。瀬那や牧瀬などごく親しい相手には、わがままな面を見せることはあったが、彼は人との間に明確な境界を引くタイプだ。その境界を今は感じない。

感情のまま表情を変える男は、全く知らない人のように思えた。

要が瀬那の袖《そで》を離したのを合図に、牧瀬が車いすを押して応接ソファに移動する。

昨日、事故に遭ったとは思えない身軽さで、要は車いすからソファに移った。

それを見届けた牧瀬は部屋に備え付けの珈琲《コーヒー》メーカーに歩み寄り、珈琲《コーヒー》の準備を始める。

要は立ったまま動かない瀬那に、不思議そうな眼差しを向けてくる。

「瀬那？　どうした？」

「何でもありません」

衝撃を何とかやり過ごした瀬那は、促《うなが》されるまま彼の向かいのソファに座った。珈琲《コーヒー》のいい匂いが部屋の中に漂《ただよ》い始める。

「それで、瀬那は本当に俺の奥さんなのか？」

好奇心に目を輝かせた要の問いに、瀬那は苦笑して首を横に振る。

「違います」

「何だ違うのか？　他のことは何も覚えてないのに、君の名前は顔を見たらすぐにわかったんだけどな」

あっけらかんとそう言う男に、瀬那の胸に複雑な波紋が広がる。

男の表情は口調ほど明るくはない。どことなく不安そうな様子が見て取れる。

それは当然かもしれない。目覚めたら何も思い出せない状況というのは、想像するだけでも不安を覚える。

瀬那は要にどう声を掛ければいいのかわからなくなる。そこに三人分の珈琲《コーヒー》を淹《い》れた牧瀬が戻ってきた。

「ありがとうございます」

間が持たずに瀬那は牧瀬に礼を言って、珈琲《コーヒー》カップに手を伸ばした。

「奥さんじゃないというのなら、瀬那と俺の関係は？」

牧瀬が座ったのを確認した要の再びの質問に、牧瀬がニコニコと笑った。

「そうですね。まだご結婚されてはいませんね。でも実質、ご夫婦と言っても過言じゃないご関係でしたよ」

牧瀬の答えに、瀬那は危うく口にした珈琲《コーヒー》を噴き出すところだった。

「牧瀬さん！　何を言って！　そんな嘘は……！」

瀬那はむせながら牧瀬に抗議の声を上げる。

「嘘は言ってないと思いますよ。社長は、どんなに忙しくても、市原さんのお店に通う時間を作り出してましたし、今回の事故も夜に市原さんのところに向かう途中に起きたものですしね」

澄ました顔でそういう牧瀬に、瀬那はぎょっとする。前から瀬那と要の関係を誤解していると思っていたが、今回の事故でそれを深めてしまったらしい。

「つまりは恋人ってことか？　だから、俺は瀬那のことだけは覚えていたのか……」

牧瀬の言葉に要が納得したように頷いた。

「違います！」

「そうですね」

瀬那の否定と牧瀬の肯定の声が重なった。要の眉間《みけん》に困惑したような皺《しわ》が寄る。

「で、どっちだ？」

「牧瀬さんは誤解されています」

改めて問われて、瀬那は否定する。

「じゃあ、どうして、俺は瀬那のことだけ覚えていたんだ？　親の顔も祖父という人の顔もわからなかった。そんな君と俺との関係は何？」

「元上司と部下です」

それ以上の関係だったことはない――

「ふーん？　普通、ただの元上司と部下が、夜に会うものなのか？　俺が事故に遭ったのは、かなり遅い時間だよな？」

そう問われて瀬那はぐっと詰まってしまう。牧瀬は横でうんうんと頷いていた。

「昨日は……西園さんが、話があると言って、うちの店の閉店時間に合わせて訪ねてくる予定だったんです」

決して恋人だったから、夜に訪れたわけではないと主張する。しかし、そう言いながら、瀬那は自分でも何だか言い訳じみていると思った。それは要も牧瀬も同じだったのだろう。

瀬那を見る二人の視線が怪訝《けげん》なものになる。

「話？　それはどんな？　夜に女性の家を訪れるような大事な話なのか？」

「わかりません。うちに来る前に事故に遭われたので、何も聞いてません」

瀬那は瞼《まぶた》を伏せる。脳裏に熱を帯びた男の瞳が過《よぎ》る。

――もし昨日、この人の話を聞いていたら、何かが変わっていたのだろうか？

その可能性を考えて胸の奥が疼《うず》いた。

けれど、今となってはもう要の話が何であったのかはわからない。

瀬那の答えを聞いた要の眉間《みけん》に皺《しわ》が寄る。

「本当に俺たちの関係は恋人でも何でもないと？」

要の再度の確認に、瀬那は頷いた。要の目が切なそうに細められた。

――何？

「本当に？　俺は瀬那を見るとここに、嬉しい、愛しいって気持ちが溢《あふ》れてくるのに？」

胸に拳《こぶし》を当てて、切実な目で訴えてくる。まるで愛の告白のような要の言葉に、瀬那は絶句した。

一瞬で、顔が熱くなる。牧瀬が当てられたように顔を赤くして、二人から視線を逸らした。

「……な、何を」

動揺して言葉がうまく紡《つむ》げない。鼓動が一気に駆け足になる。

「君が大事だって心がそう言っている。なのに元上司と部下？　そんなはずはない」

はっきりとした愛の告白に、瀬那の心が強く揺さぶられる。瀬那の心を搦《から》め捕るように、要の眼差しに熱が籠《こも》った。それが、あの夜瀬那を乱れさせた眼差しを思い出させて、動揺に拍車をかける。

瀬那は身動き一つ取れずに、固まってしまう。

「……これは、これはずいぶん熱烈な愛の告白だな」

その硬直を破ったのは、不意に病室の入り口から聞こえてきた声だった。三人はハッとして入り口を向く。

そこには微笑ましそうにこちらを見る匡邦と先ほどの看護師、医師の三人が立っていた。

看護師の顔はキラキラと輝いていており、まるで恋愛映画でも見ているような表情をしている。

医師は牧瀬と同じように頬を染めて、気まずそうに視線を俯《うつむ》けていた。

「会長！　先生も！　気づかず失礼いたしました」

牧瀬が慌てたように立ち上がって、三人を出迎えに行く。

「いや、要の記憶が戻ったかもしれないと、気が逸《はや》ってノックもせずに部屋に入ってきた私が悪い。だから気にしなくてもいい」

匡邦が鷹揚《おうよう》な仕草で手を上げて牧瀬を制すると、こちらに歩み寄ってくる。

「それにしても、要が瀬那ちゃんのことだけ覚えていたというのは本当みたいだな。これぞ愛の力か」

感嘆したような匡邦の言葉に、瀬那は思わず「違います！」と立ち上がって否定する。

それを見た要が、痛みを感じたように顔を歪《ゆが》めた。視界に入ったその表情に、瀬那は気まずさを覚える。だからといって、どうフォローすればいいのかもわからなかった。焦りだけが募《つの》って、思考が空《から》回りする。

「……とりあえず診察してもいいですかね？」

医師が割り込んで申し訳ありませんと言った表情で、そう言った。

「すみません。お願いします」

瀬那は診察の邪魔にならないように場を空《あ》けようとした。しかし、再び要が瀬那の着物の袖《そで》を掴んで、それを阻《はば》む。

「西園さん？」

驚いた瀬那が要を振り返る。

「……まだ帰らないよな？」

不安そうな男に、瀬那は「診察が終わるまではいます」と伝える。ホッとした様子の要が瀬那の袖《そで》を離した。

医師と看護師が要の傍に歩み寄り、診察が始まった。瀬那たち三人は少し離れた場所からそれを見守る。診察の結果、要が覚えているのはやはり瀬那の名前だけということがわかった。

けれど、一つでも覚えていることがあるということが、希望に繋がった。それをきっかけに他の記憶を思い出す可能性が高いからだ。要は昼から精神科のカウンセリングを受けることになった。

医師の診察の後、要はまだ話をしたそうにしていたが、疲れが出たのか眩暈《めまい》を訴えたため、面会は一時中断されることになった。

瀬那はまた必ず来ると約束して、病室を後にする。匡邦が店まで送ってくれることになった。瀬那は彼の好意に甘えて、匡邦の車に乗り込んだ。

車が動き出してからしばらくして、匡邦が瀬那に声を掛けてくる。

「店の方は順調かい？」

「おかげさまで常連さんには贔屓《ひいき》にしてもらえてますし、新しいお客さんにも通ってきてもらえてます」

「そうか。それはよかった。英恵さんも安心しているだろう」

匡邦が安心したように微笑んだ。

「そうだといいんですけど……祖母が残してくれたものを守れるように頑張ります」

「瀬那ちゃんなら大丈夫だ。ちょっとやそっとのことで挫《くじ》けないように私が鍛《きた》えたんだ」

かつての上司の力強い言葉に、瀬那は心が温かくなる。

「それにしても、要と瀬那ちゃんが恋仲になっていたとはな……」

しかし、しみじみとした口調で発せられた匡邦の言葉に、瀬那はぎょっとした。

「いや、本当に違いますから！」

瀬那は慌てて否定する。誰も彼もが、瀬那と要の関係を誤解している。この誤解をどう解けばいいのかと、頭が痛くなってきた。

何より、肝心の要の態度がまるで瀬那を恋《こ》い慕《した》っているようだから、どうにもならない。

「本当に？　恥ずかしがらなくてもいいんだよ？　瀬那ちゃんが相手なら、うちは歓迎だ。あいつがやっと落ち着いてくれるなら万々歳《ばんばんざい》だし」

上機嫌に笑う匡邦に、瀬那は何とも言えない想いを抱く。

「私からは誤解としか言えません。西園さんの……要さんの記憶が戻ればはっきりしますよ」

「そうなのかい？　それは残念だ。英恵さんのお孫さんとうちの孫が結婚すれば、私の初恋も成就《じょうじゅ》すると思ったんだがな」

残念そうに笑う匡邦に、瀬那は苦笑するしかない。

「まあ、君たちのことはとりあえず要の記憶が戻ってからにしよう。それとは別に、店もあって忙しいと思うんだが、要の記憶を取り戻すためにも、できるだけ顔を出してやってくれないか？　瀬那ちゃんのことをきっかけに記憶が戻ってくるかもしれんし」

「……はい。わかりました」

匡邦の願いを瀬那は拒《こば》めなかった。

あの男は、自分が記憶を失っている間に、瀬那が妻や恋人のように扱われていたと知ったら、一体どんな顔をするだろう？

きっといつもの仏頂面《ぶっちょうづら》で、否定する。

簡単に想像できた未来に、瀬那の唇から小さな笑いが漏れた。二、三日もすれば、すべてがもとに戻って、これも笑い話になっているに違いない。

会話が途切れて、瀬那はふと車窓の外に目を向けた。瀬那の気鬱《きうつ》など知らぬげに、空は鮮やかに澄んで美しかった――

☆

匡邦に送ってもらったおかげで、早めに店に帰ることができた。

店の中はランチの客で賑《にぎ》わっており、周大は調理に、給仕にとてんてこ舞いの様子だった。

「周ちゃん。ただいま」

周大に声を掛けると、彼はホッとした顔をする。さすがの周大も、ランチタイムの調理と給仕を同時に行うのは大変だったのだろう。

瀬那は仕事の邪魔にならないよう袖《そで》に襷《たすき》をかけて前掛けをつけると、給仕を始めた。

仕事をしている間は、余計なことを考えずに済む。

ようやくランチタイムが終わり、瀬那はのれんを下ろした。休憩時間になりホッと息を吐く。

店に戻ると、周大がいつものようにカウンターに賄《まかな》いを用意してくれていた。

今日は初鰹《はつがつお》の漬け丼と、春キャベツと油揚げの味噌汁、鶏肉と野菜の煮物にお新香だった。

二人並んでカウンターに座る。

「今日も美味《おい》しそうね。いただきます」

手を合わせてから、瀬那は箸《はし》を取る。味噌汁に口をつけると春キャベツの甘さが口の中に広がった。出汁《だし》のきいた味噌汁はホッとする温かさで、胃を温めてくれる。

「味噌汁を飲むと日本人でよかったって思うわ」

「そうだな。それで、西園さんはどうなったんだ？　店が忙しくて、帰ってきた時は聞く暇がなかったけど」

周大の当然の問いに、瀬那は「うん」と頷くが、どう返事をしたものかと一瞬だけ迷う。

「意識は戻ってた。体も轢《ひ》き逃げに遭った割に、本当に軽い打撲で済んだみたい。本当に悪運の強い人だよね」

「そうか。それはよかったな」

とりあえず当たり障りのない部分だけを、周大に伝える。要の記憶喪失については、伝える必要はないだろう。

瀬那の答えに納得したのか、周大が味噌汁に口をつける。釣られるように瀬那も初鰹《はつがつお》の漬け丼を手にした。醤油《しょうゆ》と生姜《しょうが》をベースにしたたれに漬け込まれた鰹《かつお》に、大根おろしと小葱《こねぎ》が載っている。

好物の鰹《かつお》に瀬那の目が細まり、一瞬だけ要のことを忘れる。

「でも、それにしては、瀬那の顔が浮かないのは何でだ？　他にも何かあったんだろう？」

味噌汁の椀を置いた周大の問いに、瀬那の箸《はし》が思わず止まる。

本当にこの幼馴染は瀬那のことをよく見ている。些細《ささい》な変化にも敏感だ。

——やっぱり周ちゃんは誤魔化せないか。どっちみち会長の言う通り、今後もあの人のお見舞いに行くのなら、周ちゃんの協力が必要だし、隠し事はしない方がいいよね。

瀬那は天井《てんじょう》の木目を見上げて、迷いをため息と一緒に振り払う。

誰かに吐き出したかった気持ちもあって、瀬那は周大に要の本当の状態を伝えることを決めた。

周大ならその情報を悪用することはないだろうという信頼もあった。

「記憶がないんだって……」

カウンターに丼《どんぶり》を置いた瀬那は、ぽつりと呟くように言った。

「記憶がない？　それは記憶喪失ってことか？」

確認するような周大の問いに、瀬那はこくりと頷く。

「事故による一時的なものだろうってお医者さんが言ってた」

「そうか」

周大が何と言っていいのかわからないといった顔で頷いた。

「びっくりするよねー記憶喪失なんて……聞いた時はドラマか小説の話かって思っちゃった」

瀬那は再び鰹《かつお》の漬け丼を手に取り、苦笑交じりにそう言った。

「そうだな」

「それで周ちゃんにお願いがあるんだけど……」

躊躇《ため》らいがちに切り出すと、周大がどうしたという顔でこちらを見る。

「ん？　何だ？」

「会長の頼みで、しばらくは毎日あの人の様子を見に行くことになったの。休憩時間にお店を空《あ》けたいんだけどいいかな？」

「夜の営業時間までに戻ってきてくれるなら別に構わないぞ？　そもそもこの店の経営者は瀬那なんだし、俺に遠慮する必要はないと思う」

「ごめん。ありがとう。できるだけ迷惑をかけないようにするね」

瀬那の言葉に周大は苦笑すると、ポンと瀬那の頭に手を置いた。

「あんまり無理するなよ。俺にできることがあるなら手伝う」

そう言って周大は食事を続けた。瀬那は周大の協力が得られたことに、内心でホッと安堵の息を吐きながら、好物の鰹《かつお》の漬け丼を口に入れた。

第3章　嘘つきたちの微睡《まどろ》み

当初は、すぐにでも記憶が戻るかと思われた要の記憶は一週間近く経っても戻らなかった。

記憶がないことに当初困惑を見せていた要だが、三日も経てばこちらが驚くくらいすんなりと記憶喪失である自分を受け入れていた。

瀬那は店の休憩時間を使って、毎日見舞いに通っている。

「こんにちは」

「こんにちは。お世話になっております」

廊下ですれ違う看護師や職員の声掛けに挨拶《あいさつ》を返して、瀬那は要のいる特別室に向かう。

特別室の前に辿《たど》り着くと、中から複数の女性の華やかな笑い声が聞こえてきた。

——相変わらずね。毎日私が来る意味ってあるのかな？

そう思うが、つい心配で男のもとに足を運んでいるのは瀬那自身だ。

色々と思うところはあったが、瀬那はぐっとそれを呑み込んで、特別室の扉をノックする。

「はい、どうぞ！」

すぐに中から女性の返事があり、瀬那は特別室の扉を開けた。

「失礼します」と中に入ると、要を取り囲んでいた複数の看護師が一斉にこちらを振り返った。

圧倒されて、瀬那は思わず足を止める。

要の状態が状態なだけに、この入院は極秘になっている。だから、面会に来るのは、瀬那や牧瀬など極限られた人間しかいない。けれど、その代わりのように、看護師たちが、入れ代わり立ち代わり、要の部屋に出入りしていた。

要本人はベッドに横たわり、綺麗どころの看護師たちに囲まれて血圧を測られながら、愛想よく笑っている。

――ここ病院よね？　ハーレムでも、銀座のクラブでもないはずなんだけど……

状況を確認して、瀬那は呆れて零れそうになるため息を呑み込んだ。

血圧を測るのに、そんな人数はいらないだろうと思ってしまうのは、瀬那が医療に詳しくないからか、ただの嫉妬なのか、迷うところではある。

病室に入ってきた瀬那を認めた瞬間、要は愛想笑いをやめてパッと表情を明るくさせた。

それだけで、瀬那の胸のモヤモヤとした感情が、軽くなる。

反対に、看護師たちはぴたりとその口を閉じ、それまでの華やかな笑顔が嘘のように取り澄ました顔になった。

――何だか邪魔してしまったみたいね。

一変した雰囲気に、瀬那は居心地の悪さを感じる。要の秘書時代に嫌というほど経験した、ある種、懐《なつ》かしさすら覚える光景だ。

瀬那は内心で居たたまれなさを味わいながら、表面上はにこやかに「こんにちは」と、看護師たちに挨拶《あいさつ》する。

「こんにちは。もうすぐ終わるのでお待ちくださいね！」

血圧を測っていた看護師が返事をくれた。その看護師は、入院翌日に瀬那を要の妻だと勘違いした看護師だった。

「よかったですね！　西園さん！　さっきからずっと『今日は店が休みだって言っていたのに、瀬那が遅い』って心配してましたもんね」

微笑ましそうにそう言うと、血圧計を要の腕から外し始めた。

「瀬那！　今日はずいぶん遅かったな！　待ちくたびれるところだった」

話している間にも、体を起こしてこちらに来ようとする要を、看護師が制した。

「もう！　西園さん！　動かないでください。これ外したら終わりですから、じっとしててくださいよー！　瀬那さんに会えて嬉しいのはわかりましたから！」

揶揄《からか》うような口調で注意した看護師は、手早くカートの上の器具を片付ける。

「ああ、悪い」

謝って大人しくなったが、要の表情はおやつを前に『待て』を言われた犬のようだった。看護師が堪《こら》えきれずにくすくすと笑い出す。

「血圧も安定していますし、これなら先生の言う通り退院できそうですね」

看護師の掛けた言葉に、瀬那は目を瞬《またた》かせる。

――退院が決まったのか……

それはそうだ。相変わらず彼の記憶は戻っていないが、体の方は順調に回復していた。

いくら大金を払う患者であっても、病院側としては健康な人間で、いつまでもベッドを埋めておくわけにはいかないのだろう。

「君たちには本当にお世話になった。ありがとう。この恩は忘れないよ」

「特別なことはしてませんよ」

「あ、感謝の気持ちはちゃんと形で表してくださいね！」

「西園さん！　約束は守ってくださいねー」

「絶対ですよー」

礼を言う要に、看護師たちがそれぞれ笑顔で何かを念押しして、要の傍を離れていく。

仕事に戻る看護師たちのために、瀬那は邪魔にならない位置に下がり道を空《あ》ける。

「お世話になりました」

すれ違う際に丁寧に頭を下げて礼を言うと、彼女たちはにこやかに微笑んで、瀬那に一言ずつ声を掛けてくれた。

「お大事にしてくださいね」

「うるさくしてすみません」

「退院が決まってよかったですね」

彼女たちが病室を去って、部屋には要と瀬那だけが残される。

要は身軽な様子でベッドから下りると、応接ソファに座った。

「瀬那」

名を呼ばれて、瀬那は要のもとへ歩み寄る。嬉しそうに瞳を輝かせて、要は自分の横に座るように、手でポンポンとソファの座面を叩いた。それには気づかない振りで、向かいのソファに座ると、要は面白くなさそうな顔で唇を尖らせる。

この数日でようやく見慣れてきた男の素直な感情表現に、瀬那は目を細める。

――あのポーカーフェイスが懐《なつ》かしくなる日が来るとはね……

何を考えているかわからない男の表情に、一喜一憂していた日々を思い出せば、瀬那の心は複雑になる。

――でも、変わらないものもある。

要がじっと瀬那の顔を見ている。表情の変化一つ見落とさないといった熱心な様子に、瀬那は先ほどとは違う居心地の悪さを感じてしまう。

瀬那を見つめる男の眼差しに宿る熱は、記憶を失う前と変わらない――

だからこそ、余計に瀬那の心は複雑な波紋を描き続けているのだ。

「退院が決まったんですか？」

要の眼差しから逃げるように、気になったことを質問する。

「ああ、今日の午前中に、もう一度念のために頭のＭＲＩ検査をしたんだけど、やっぱり異常はないらしい。だったら病院にいるより、慣れた自宅で過ごした方が記憶も戻りやすいんじゃないかって話になったんだ」

「そうですか。よかった。おめでとうございます」

大変な状況であることには変わりないが、それでも退院と聞けば、瀬那の心は安堵に満たされる。

「ああ。ありがとう」

その気持ちが伝わったのか、要が穏やかに微笑んだ。見慣れない男の笑みに胸が騒《ざわ》めいて、瀬那は瞳を細める。

「それで、退院日はいつになったんですか？」

「牧瀬さんが退院するに当たって、色々と準備したいことがあるからって、明後日《あさって》になった」

「明後日《あさって》……」

こうして、彼のもとに日参するのも明日で最後かと思った。少し寂しい気もする。

――せっかくの退院なんだから、こんなことを思うのはダメね。

そう思うのに、彼が退院してしまえば、こうして毎日会うこともなくなるのだと考えると、寂しさが募《つの》るのも事実だった。今は、見舞いという口実があるから、店の休み時間に会いに来られるが、退院すればそういうわけにもいかない。

「ああ、それで牧瀬さんが瀬那に相談があるから、時間のある時に連絡がほしいって言ってた」

「牧瀬さんが？」

――相談って何かしら？

瀬那は内心で首を傾げながら、要に了承を伝える。

「これでやっと窮屈《きゅうくつ》なこの生活から解放される！」

要は大きく伸びをして、晴れ晴れとした顔で笑った。窮屈《きゅうくつ》だったという割に、美人な看護師を周囲に侍《はべ》らせて楽しげだった姿を思い出し、瀬那は胡乱《うろん》な眼差しを要に向けてしまう。

けれど、要が窮屈《きゅうくつ》だという理由も、わからないわけではなかった。いまだ脅迫状を送ってきた犯人ははっきりしていないらしい。今回の轢《ひ》き逃げも事故とも事件とも言えない状況のまま、用心のため要の入院は極秘扱いになっている。そのため、検査の時以外、要はこの特別室から出ることを止められていたし、面会も極限られた人間しかやってこないのだ。

記憶喪失という特異な状況であったとしても、要が感じる窮屈《きゅうくつ》さはかなりのものだっただろう。

「頼まれていたものを持ってきましたよ」

そんな要を慰《なぐさ》めるためというわけではないが、瀬那は持っていた風呂敷包みを応接テーブルの上に置いた。風呂敷を外し、包んでいたお重の蓋《ふた》を開ける。

「おおー美味《おい》しそう！　今日はこれを楽しみに昼ごはんは止めてもらったんだ」

これは病院食では物足りないと言う要のために、店の定休日ではあったが、周大に頼んで作ってもらった幕の内弁当だった。お重の中には刺身やてんぷら、飾り切りした野菜の煮物などが彩《いろど》りよく詰められている。色々と用意していたせいで到着が遅れ、少し遅い昼食になってしまった。

記憶のない要は、瀬那が小料理屋を営んでいると知ると、是非なごみのご飯が食べたいと訴えてきた。病院側に確認したところ、体は健康そのもので食事制限をしているわけではないから問題ないと返事をもらったこともあり、今日の差し入れとなった。

「どうぞ。今、お味噌汁も用意しますね」

要に箸《はし》とおしぼりを渡して、瀬那はポットを開ける。カップにもなる蓋《ふた》に味噌汁を注《そそ》いだ。

「熱いから気をつけてください」

「ありがとう」

要は嬉しそうにまず味噌汁から口をつけた。

「ああー出汁《だし》のきいた味噌汁を飲むと、日本人に生まれてよかったと思う」

どこかで聞いたことがあるセリフに、瀬那はくすりと小さく笑った。

——記憶を失っていても、こういうところは本当に変わらない。

もとは定食屋から始め、今もグループの中核は和食のチェーン店だ。そのせいなのか日本人離れをした容姿の割に、要は根っからの和食派で、特に味噌汁を愛している。

記憶を失っていても、味覚の好みは変わらないらしい。そんな要にとって、塩分に配慮した病院の味噌汁は物足りないものだったのだろう。

要はとても満足そうな顔で、味噌汁を飲んでいる。

「何か、他に飲む物を用意しましょうか？」

そう言って、瀬那は立ち上がり、備え付けの冷蔵庫を開ける。日本茶が苦手な要のために、冷蔵庫には牧瀬が用意した様々な飲み物が用意されていた。

瀬那はその中からミネラルウォーターを取り出し、コップに注《つ》いで要に差し出した。

「ありがとう。ご飯も美味《おい》しいな。今日はこれが本当に楽しみだったんだ」

にこにこと美味《おい》しそうにご飯を食べる男に、瀬那の表情も自然と柔らかなものに変わる。

「ありがとうございます。うちの料理人が喜びます」

要の箸《はし》が止まり、首を傾げた。

「料理は瀬那がしているわけじゃないのか？」

「ええ。私はもっぱら接客がメインです」

「料理は全くしないのか？」

「できないわけじゃないですけど、私の腕は人並みなので、お客さんに出せるようなものじゃありません。うちの料理人は本当に腕がいいので、私が無理する必要はないかなと」

穏やかに微笑んで答えながら、瀬那の胸の奥が一瞬だけ疼《うず》いた。

本当は料理にも関わりたかった。匡邦に連れ回されていた頃に、それなりに料理の基礎も教え込まれたから、全くできないというわけではない。だが、要に言った通り、瀬那の腕は人並みで、長年料亭で修業してきた周大の料理と並ぶとどうしても見劣りしてしまう。だったら、適材適所。料理はプロの周大に任せ、瀬那は接客に専念した方が店はうまく回ると割り切った。

――そういえば、この人も料理はうまかったな。覚えているかわからないけど。

要は和洋中のどのジャンルの料理も得意だったことを思い出す。彼は料理が趣味で、秘書時代は気晴らしに要が作る料理に、付き合わされることもあった。

「ふーん？　俺は瀬那の料理も食べてみたい」

「私の料理の腕は、本当に人並みで、あえてごちそうするほどのものでもありません。それこそ西園さんの方がお上手でしたよ」

「俺って料理もできるの？」

本当に？　という顔で首を傾げる男に、瀬那は頷く。

「何度かごちそうになったことがありますが、プロ顔負けでした。系列店の新作メニューの開発にも携《たずさ》わっていましたし」

「瀬那は俺の料理を食べたことあるの？」

「あります」

瀬那の返答に要の目が期待を宿して輝いた。

「手料理をごちそうするような仲なら、俺たちはやっぱり恋人だったんじゃないか？　今日は二人だけだから、正直に答えてほしい」

身を乗り出して質問してくる要に、瀬那は苦笑する。

要はいくら瀬那が二人の関係は元上司と部下だと説明しても、信じてくれなかった。

絶対に二人は特別な関係だったはずだと主張している。それに牧瀬をはじめとした周りが同調するものだから、その想いは日に日に強固なものになっているようだ。

それが嬉しくないわけではないが、記憶を取り戻した時のことを考えると、瀬那は素直に要の気持ちを受け入れることはできなかった。

記憶喪失時のことは、記憶を取り戻すと大半は忘れてしまうのだと医師からは聞いている。

今の要はいつ消えてもおかしくない幻のような存在と言えるだろう。

けれど、そうであるからこそ、瀬那は嘘をつきたくないと思っている。

記憶を失う前の要には、意地を張り通して素直になれなかったからこそ、余計にそう思うのかもしれない。

「ご期待に沿えず申し訳ありませんが、違います。元上司と部下です」

「本当の本当に？　照れてるだけじゃなくて？　手料理をごちそうするって、かなりプライベートな関係だと思うんだけど？」

「違いますね。手料理をごちそうになったのは、先ほども言った新メニュー開発の一環でした」

「そうなのか、残念……」

本当にがっくりと肩を落とす要に、瀬那はくすりと小さく笑みを漏らす。

「そんなに落ち込むことですか？　先ほどは美人な看護師さんたちに囲まれて、ずいぶん楽しそうでしたし、何か退院後のお約束をされていたみたいですけど？」

揶揄《からか》う口調で、嫉妬が零れ落ちたのは無意識だった。要が途端に表情を明るくする。

突然、にやにやしだした男に首を傾げた瀬那は、自分が何を口にしたのか自覚して、頬が熱くなった。

「瀬那、それはやきもち？」

「え、あ、違います！」

慌てて否定するが、要は全く聞いていない様子で、上機嫌に瀬那の顔を覗き込む。

「顔が赤いよ、瀬那。可愛いね」

「これは……！」

「やきもちを焼いてもらえる程度には、全く脈がないってわけじゃないみたいで、安心したよ」

「西園さん！」

瀬那は焦った顔も可愛いな」

瀬那が焦れば焦るほど、要は心底楽しそうに笑った。声を立てて笑う男は、少年のように無邪気で、瀬那はその笑みに目を奪われる。

——もう本当に……何やっているんだか……これじゃあまるで、思春期の子どもじゃない。

かつてはこの男のポーカーフェイスに一喜一憂していた自分が、今度は彼の無邪気さに振り回されている。

「安心して……瀬那。彼女たちには世話になった礼を言っていただけだ」

笑いを収めた要は、不意に真面目な顔をして、そう言った。ころころと変わる男の表情から、目が離せなくなる。もともと端整な顔をしている男だけに、表情の変化一つ一つに、瀬那は魅了されてしまう。

「それに約束も、世話になったお礼に、彼女たちへ系列の飲食店の招待券を渡すってだけで、デートの約束をしたわけじゃない。だから安心して？」

艶冶《えんや》な流し目付きの言葉に、瀬那はどぎまぎする。

「そうですか」と答えるのがやっとだった。瀬那は要の顔から視線を逸らして俯《うつむ》く。

——質《たち》が悪い！　この人、絶対に自分の顔の綺麗さを知っててやってる！

そう思うのに、要の思惑通りに反応してしまっている。実際、自分は彼が彼女たちとデートに行くわけではないと知って、ホッとしているのだ。相反する思いが、瀬那の心を甘く揺らす。それが悔しいのに、気持ちが軽くなっている。

「今日、店は休みだって言ってたよね？　だったら、もうちょっとゆっくりできるんだよな？」

「ええ」

「瀬那はいつも夜の営業があるからって、すぐ帰っちゃうから寂しかったんだよな。だから、今日は嬉しい」

記憶を失った要は、言動のすべてが子どもみたいに素直だ。たまに年下と話しているような気分になる。

――顔は同じでも、全くの別人と話してるみたい。

それなのに、昔も今も、瀬那の気持ちを振り回すのは同じなのだから、心底厄介な男だ。

記憶を失っても、どれほど印象が変わっても、瀬那にとって西園要という男が、特別だという事実は変わらないのだと実感する。

要に気取られないように、瀬那は小さくため息を吐いた。

――結局、私はこの人が好きなのね……。

初めて素直に認めた感情だった。要が要であれば、記憶があろうとなかろうと、瀬那は惹かれずにはいられないのだ。

食事を終えた要に、瀬那が食後の珈琲《コーヒー》を淹《い》れたところで、病室の扉がノックされた。

要が返事をすると、「失礼します」と入ってきたのは、牧瀬だった。

「ああ、市原さん。こんにちは」

「お疲れ様です」

瀬那はお重を片付ける手を止めて、牧瀬に頭を下げる。

「丁度よかった。市原さんにご相談があったんです。この後、お時間いただけますか？」

――そういえば、さっき西園さんもそんなことを言ってたな。

「大丈夫ですよ」

今日は店の定休日で、そこまで急いで帰る必要もない。

瀬那が了承すると牧瀬はホッとした様子で、表情を緩ませた。

瀬那は牧瀬のために珈琲《コーヒー》を淹《い》れようと立ち上がる。牧瀬は瀬那と入れ替わるように、要の向かいのソファに座った。

「まずは、先ほど先生からもお話があったと思いますが、退院が決まりました。おめでとうございます」

「ありがとうございます。牧瀬さんにも色々とお世話になりました」

牧瀬の言葉に、珈琲《コーヒー》カップをテーブルに置いた要が、頭を下げて礼を言う。

「おやめください。社長にそんなに丁寧な対応をされると、落ち着きません！」

牧瀬が焦ったように首と手を振って、要に頭を上げさせる。牧瀬のそんな様子に、要は眉間《みけん》に皺《しわ》を寄せた。

「前から気になってたんだけど、記憶を失う前の俺って、かなり偉そうな奴だった？　お礼を言っただけで、年上の牧瀬さんがそんなに恐縮しちゃうくらい？」

要の疑問に瀬那と牧瀬は思わず、顔を見合わせる。

――偉そうというか……俺様というか、我が道を行く人だった。

何とも答えづらい質問に、牧瀬も瀬那もどう答えればいいのか、言葉に迷う。

「うん、わかった。だいぶ偉そうな奴だったんだな」

二人の態度から自力で答えを導きだしたらしい。察しの良さは記憶を失っても変わらない。

「偉そうというか、私は社長の秘書でしたからね。上下関係がはっきりしているだけですよ。それに、社長のお世話をするのは、秘書として当然の仕事です」

牧瀬が無難な答えを返すが、要は納得していない様子だった。

「たとえ、それが業務であっても、入院中の俺の世話は秘書の仕事に含まれるものか？　両親は忙しいみたいだし、記憶がない俺にとっては、牧瀬さんや瀬那がいてくれたのは非常に助かったけど、これって絶対に秘書の仕事じゃないでしょ？　だから、礼を言うのは当然のことだと思うんだけど」

「そういうところは、記憶を失っていても変わりありませんね。あなたは昔も今も、部下に対してきちんとお礼を言える人でしたよ」

優しい眼差しで、牧瀬が要の顔を見ながら答える。

――確かに、この人はきちんとお礼を言う人だった。

珈琲《コーヒー》を淹《い》れながら、瀬那は以前の要を思い出す。

御曹司と言われる立場の人ではあるが、要は人に何かをしてもらって当たり前と考える人間ではなかった。何かをしてもらえば、その都度、きちんと礼を言っていた。

それは部下に対してであっても、当たり前の礼儀として身についていた。

傍若無人《ぼうじゃくぶじん》な俺様のところもあったが、そういうところに育ちの良さが出ていたように思う。

「そうなの？」

「ええ。私にとって、あなたは年下であっても尊敬できる上司でした。そのあなたが困っているというなら、お助けしたいと思います」

「記憶が戻らなくて、まだ迷惑をかけると思いますが、よろしくお願いします」

「はい、もちろん」

牧瀬の答えに、要はホッとしたような笑みを浮かべた。

「それでですね、退院のお話が出たので、市原さんも含めて、今後の生活についてお話をさせていただきたいと思います」

牧瀬に呼ばれて、差し出すタイミングを窺っていた珈琲《コーヒー》を持って、瀬那は二人のもとへ戻る。

牧瀬に珈琲《コーヒー》を渡し、瀬那は促《うなが》されるまま要の横に座った。

「退院後なのですが、当面の間、市原さんに社長のことをお願いすることはできないでしょうか？」

「はい？　それは、どういう意味でしょうか？」

「大変図々しいお願いだとわかっているのですが、退院後、社長を一人にしておくわけにはいきません。かといって、下手《へた》に会社の人間を付けるわけにもいかない状況なのです」

牧瀬の話はこういうことだった。脅迫状の件もあり、記憶を失っている要を一人暮らしの自宅に戻すのには不安がある。実家に戻すことも検討されたが、要の両親も匡邦も仕事が忙しく、要と一緒に過ごすことが難しい。かといって、不用意に人を付けることで、要の記憶喪失が外部に漏れたとしたら、会社の株価にも影響しかねないため絶対に避けたい。牧瀬が付き添えればいいのだが、彼は要が抜けた穴を埋めるために、一時的に復帰した匡邦について回ることになり、要のサポートをするのが難しいらしい。

関係者の中で、要の記憶喪失を知っていて、かつ社の事情にも詳しく、今の彼が最も安心して一緒に過ごせる瀬那に、一時的な彼の世話役として白羽《しらは》の矢《や》が立ったらしい。

要の周囲の人間に、そこまで信頼されているのは素直に嬉しく思ったし、彼らの心配も理解できる。だからといって、安易に引き受けられる話でもなく、瀬那は戸惑った。

「お話はわかりました。ですが、私にも自分の店があります。西園さんの世話をするといっても、ずっと一緒にはいられません」

「わかっています。なので、市原さんのお店にはこちらから人を手配します。お礼もきちんとさせていただきます。数日で構いません。社長が一人でも日常生活を送れることが確認できるまでの間、一時的に手を貸していただくことはできませんか?」

「それは、私が西園さんの家で、一緒に生活するってことですか?」

「できればそうしていただきたいです。社長の記憶喪失がどの程度のものか判断できないのです。ご自身のこと以外にも、今は入院中で表面に出ていないだけで、日常生活を送るうえで何か事故を起こすような記憶を失っている可能性もあると先生に言われました」

記憶喪失というのは厄介だ。要は言葉を覚えており、生活に関する最低限の知識もあるように見える。だが、いざ退院して、日常生活に戻った時に、事故に繋がる記憶の欠損がないとは誰にも断言できないのだ。

火の扱い方を忘れてしまっているせいで火事になる可能性や、外に買い物に行き迷子になる可能性などを列挙されれば、瀬那も強く拒《こば》むことができない。

「これは会長のご提案で、社長のご両親も賛成されています。市原さんと一緒に過ごすことで、社長の記憶も戻りやすいのではないかとも仰《おっしゃ》っています。なので、日常生活に問題がないとわかるまででいいので、どうか社長のお世話をお願いできませんか」

牧瀬に頭を下げられて、瀬那は困惑する。ちらりと要に視線を向ければ、彼は自身の話だというのに、どこか面白そうな顔で二人の話を聞いている。

「すみません。突然のお話で今すぐお返事ができそうにありません。考える時間をもらえますか？」

「もちろんです。こちらが無理なお願いをしているのは重々承知していますので」

瀬那の返事に牧瀬が頷いてくれた。今、この場での決断を求められなかったことに、瀬那はホッとする。しかし、要の退院が明後日《あさって》である以上、明日には返事をしなければならないだろう。

――どうしよう？

秘書時代のことを考えれば、要と数日一緒に過ごすことは、さほど問題ないように思える。

それこそ秘書時代は、公私の区別なく一緒に過ごしていた。海外支店の視察に赴《おもむ》いた際は、ホテル側の手違いで、要と同じ部屋で過ごしたこともあるし、彼の自宅のタワーマンションにも出入りしていたので生活のリズムもだいたい把握している。

そう考えると、確かに今の要の世話をするのに、瀬那以上の適任者はいない気がしてきた。

「なぁ、瀬那は俺と一緒にいるのは嫌か？」

黙って会話を聞いていた要が口を開いた。その瞳には、やはり今の状況を面白がっているような光が瞬《またた》いている。

——何……？

こういう目をした要に振り回された過去を思い出して、瀬那は身構える。

「そんなことはありません」

警戒しながらそう返事をすると、要がにんまりと笑った。

「それならよかった」

パンッとまるで柏手《かしわで》でも打つように、勢いよく要が顔の前で手を合わせて、お願いのポーズを取った。

「じゃあ、三日！　ダメなら二日でいい！　俺が普通に日常生活を送れるってわかるまで頼めないか？　こう見えて、俺って生後七日の人間だからさ、牧瀬さんたちが心配するのもわかるんだよ。実際俺も、退院して一人で暮らしていけるか不安だから、瀬那が傍にいてくれると安心する」

それまでの面白がるような表情から一変、要はひどく真面目な顔でそう頼みこんできた。

同時に瀬那はハッとさせられる。要は周囲が驚くくらいあっけらかんと記憶喪失を受け入れていた。だから誰も彼もが見過ごしてしまったけれど、不安が全くないはずがないのだ。

周りのことはおろか、自分自身のことすらろくに覚えていない状況の中で、唯一覚えていたのが瀬那だった。だから、今の要は他の誰よりも瀬那に懐《なつ》き、頼っているのかもしれない。

――今、この人が頼れるのは私だけ……二日、ううん、三日くらいなら、何とかなるかな？　夜は自宅に戻ればいいんだし。

瀬那は覚悟を決める。一つ息を吐いて、黙って瀬那の返事を待つ男の顔を見た。陽気に見せているが、その瞳は不安に揺れていた。そんな瞳を見てしまえば、瀬那は要を突き放せない。

「わかりました。長く店を空《あ》けられないので三日間だけ、一緒にいます。その間に、西園さんの生活に問題ないか確認します」

瀬那の言葉に牧瀬はホッとした顔をして、「ありがとうございます。それではなごみさんへ人の手配をさせていただきます」と頭を下げた。要は満面の笑みで、瀬那の手を取る。

「ありがとう！　瀬那ならそう言ってくれると思ったよ」

握られた指先が熱を持つ。無邪気に笑う男は、瀬那の知らない男だ。けれど、その中には瀬那が恋した男が眠っている。

「あ、そうだ、瀬那の店のことだけど、俺がそこに行くのはダメなの？」

「うちの店にですか？」

要の言葉の意味がわからずに、瀬那は首を傾げる。

「瀬那はお店を空《あ》けるのが心配なんだろう？　だったら、俺が瀬那の店に行って、瀬那を手伝えばいいんじゃないか？　俺は社会経験ができるし、瀬那は俺の様子を確認しながら、店の仕事もできる」

問われて、瀬那は「うーん」と悩む。要の提案自体は悪くないものに思えた。

――でも、周ちゃんが何て言うか……

幼馴染の几帳面《きちょうめん》な顔を思い出して、瀬那は思案する。要と周大では水と油で、いつだって顔を合わせた途端、一触即発の雰囲気になっていたのだ。

今の要であれば、周大ともうまくやれる気はするけど、同じ店で働かせて大丈夫だろうか。

――いっそ二人を会わせたら、それが刺激になって何か思い出すかも。

帰って周大に相談してみよう。それでダメと言われたら、牧瀬の言う通りに人を手配してもらえばいい。

何かあると、つい周大を頼ってしまう。それが、要にいらぬ誤解を与えていたことを知っている。

素直に彼への恋心を認められなかった時期、その誤解をあえて助長させるような真似もした。

瀬那にとって、周大は信頼できる仕事のパートナーにはなりえても、恋の相手にはならない。

周大もそれは同じだと断言できる。

「店の料理人と相談させてください」

瀬那の返事に、要が一瞬だけ、不快そうに眉間《みけん》に皺《しわ》を寄せた。けれどそれは瞬《まばた》きの間ほどの変化で、瀬那が気づく前に解けた。

「わかった。よろしくお願いします」

要は表情を隠すように頭を下げて、瀬那の手を離した。

その後、要の退院後について、簡単に打ち合わせをし、瀬那は帰宅する。要はまだ話し足りないと引き留めてきたが、退院後の準備があると説き伏せた。

――きっと周ちゃんは厨房で、新作料理の試作をしているはずだ。

研究熱心なあの幼馴染は、店の定休日であっても、厨房で時間のかかる仕込みや、試作をしている。今の時間ならきっと店にいるだろう。牧瀬に送ってもらい瀬那は店に戻った。

自宅に通じる玄関ではなく、店の正面入り口から店舗に入った。案の定、店の中は出汁《だし》のいい匂いが漂《ただよ》っていた。

「うーん！　やっぱりこれよね！　日本に帰ってきたって気がする！」

同時に、店の方から女性の満足そうな声が聞こえてきた。聞き馴染みのあるその声に、瀬那の眉《み》間《けん》に皺《しわ》が寄る。

「ただいま」

歩みを進めて中に入ると、カウンターに女性客が座っていた。瀬那の声に女性が振り返る。

「瀬那！　おかえり！　うちの妹は今日も着物美人ねー。着物の合わせ方も可愛いわー不思議の国のアリス？」

「うん、そう」

今日の瀬那は休みだったこともあり、遊び心のある不思議の国のアリスの半幅帯に、赤と黒のチェス柄の着物を合わせていた。

「ふふふ。可愛いなー。やっぱり着物はいいよねー、私も着物が似合う女になりたかったわー。あ、後で写真撮らせて！」

そう言いながら、姉――初美《はつみ》は瀬那の着物姿に目を細めている。

――お祖母ちゃんに似ているお姉ちゃんも、着物が似合うと思うんだけどね。

瀬那と初美は初見で姉妹と思われないくらいには、あまり似ていない。初美はショートボブの髪に金色のメッシュをおしゃれに入れた美人だ。昔は人気芸者だった祖母によく似た切れ長の目を生き生きと輝かせ、すっと通った鼻筋に、形のいい赤い唇。元モデルであっただけに八頭身のプロポーションは女の瀬那ですら憧れるほどだ。

「お姉ちゃんもお帰り。いつ日本に帰ってきたの？」

「三時間前かな？　周大のご飯が食べたくて、寄らせてもらったわ。今日、お店が定休日だって忘れてて焦ったけど、厨房に周大がいてくれたから助かったわよ。日本に帰ってきたら、やっぱり周大の鯛《たい》茶漬けよねー」

そう言って、初美は美味《おい》しそうに周大が作った鯛《たい》茶漬けに舌鼓《したつづみ》を打ち、満面の笑みを浮かべている。

――うーん、何でよりによって、今帰ってくるかな……

このタイミングでの姉の登場に、瀬那は頭が痛くなってくる。姉の初美は昔から自由人だった。

元モデルで今はカメラマンとして、世界中を飛び回っている。先週連絡が来た時は、パリにいると言っていた。普段の瀬那であれば、姉の帰国を素直に喜ぶところだが、今は何かとタイミングが悪い。

——明後日《あさって》からあの人を預かろうっていうのに、トラブルの予感しかしない。

瀬那は内心でため息をつく。姉の初美は、決して悪い人間ではないのだが、良くも悪くも事態をかき回すところがある。要が記憶を失っている今、この姉に会わせるのだけは避けたかった。

「瀬那。おかえり」

話し声が聞こえたのか、厨房から周大が顔を出した。その手には初美に食べさせるための、煮物やら何やらの小鉢が載った盆があった。

「周ちゃん、ただいま」

「初美ちゃんが来たから、色々と出してた」

そう言いながら、周大はいそいそと初美のもとにお盆を持っていく。いつもの強面《こわもて》が、柔らかに綻《ほころ》んでいた。

「定休日だから、あり合わせのものしかできなかったけど、タコの酢の物、筍《たけのこ》の煮物。初美ちゃん好きだったろ。あと厚焼き玉子」

「うわー！　さすが周大！　私の好物をわかってる！」

初美が感激したように目を輝かせて歓声を上げた。周大は嬉しそうに目を細めてそれを見る。普段表情を滅多に変えることがない周大が、こんな風に表情を変えるのは初美の前だけだ。

周大はずっとこの姉に恋をしている。それこそ幼稚園の頃から、初美一筋の男だった。

これだけあからさまに態度に出しているのに、当の本人である初美だけが周大の想いに気づいていない。

「あ、そうだ！　瀬那！　ホテルを予約してないから、しばらく泊めてー」

姉が思い出したように、再び瀬那の方を振り返った。

「ごめん。無理」

思わずそう返すと、姉は驚いたように瞳を丸くする。周大も何故だと責めるような眼差しを向けてくる。

「え？　何で？　いつもなら泊めてくれるじゃん。ホテル予約してないよー」

「今日はいいけど、明日以降はちょっと無理」

「えー何？　男でも連れ込む気？」

あながち間違ってはいないのでぎくりとするが、それを表に出さず、平静を装《よそお》って説明する。

「そう。ちょっと人を預かることになったの。だから、明日以降はお姉ちゃんを泊められない。たまにはうちに帰ったら？　お父さんとお母さんにも顔を見せなよ」

「それこそ無理。家になんて帰ったら説教が待ってるだけじゃない。帰国してる時くらい、平和に暮らしたいわ」

「それはお姉ちゃんが、お父さんたちに心配かけるからじゃない」

「瀬那まで私に説教？」

初美が形のいい唇をムッと尖らせる。

「そういうわけじゃないよ。お父さんもお母さんも、お姉ちゃんが心配なんだよ」

「心配って、私はもう子どもじゃないのよ？　何の心配があるのよ」

そう言う初美ではあるが、好奇心の赴《おもむ》くままに、アマゾンの奥地だろうが、危険を顧《かえり》みずに平気で飛んでいってしまう。十九歳で『パリコレモデルになる！』と単身パリに乗り込んでいって、夢を叶えてしまうその行動力は凄《すさ》まじく、瀬那と両親はいつも姉のことをはらはらしながら見守っているのだ。

「顔見せてあげるだけで安心するんだから、たまには親孝行したら？」

ムッとする姉を宥《なだ》めるようにそう言って、瀬那はカウンターの内側に入る。

「えー！　めんどくさーい！」と叫んだ姉は、すぐにいいことを思いついたと、顔を輝かせた。

「ねえ、瀬那ちゃん！　お姉ちゃんは誰とでも仲良くなれる人間です！　だから、その預かる子とも仲良くなれると思うの！　ここの二階は広いし、三人でお泊まりしても大丈夫だと思う！」

「ダメなものはダメです。こっちにも色々と事情があるの。いくらお姉ちゃんのお願いでも、今回は聞いてあげられない」

きっぱりと断ると姉はがっくりと肩を落とした。こういう時の瀬那は何を言っても、聞き入れないことをわかっているのだ。

「何とかしてやれないのか？　瀬那」

見かねた周大が、二人の会話に口を挟んでくる。その顔は初美への心配で一杯だ。

初美は初美で、周大の援軍に期待に満ちた眼差しを瀬那に向けてくる。

「悪いけど、どうにもならない」

ここできっぱりと拒否しなければ、きっと面倒なことになる。その確信をもって、瀬那は姉を拒否した。

「瀬那！」

周大がたまらずといった顔で瀬那の名を呼ぶ。瀬那は大きく息を吐き出した。

「そんなにお姉ちゃんのことが心配なら、周ちゃんの家に泊めてあげれば？」

瀬那の提案に周大の顔が真っ赤に染まる。

「な、何を！　い、言って、瀬那！」

焦って口をパクパクさせる周大に、瀬那は苦笑する。周大もいい加減に、態度をはっきりさせるべきなのだ。いつまでも遠くから見守っているだけでは、この姉が周大の想いに気づくことは絶対にない。

自由奔放《ほんぽう》な姉の楔《くさび》になれるのは、初美のことを理解していて、忍耐強い幼馴染の周大だけだと瀬那の家族は思っている。できれば早めに姉を捕まえてほしい。そうでなければ、この姉はどんな危険に飛び込んでいくかわからないのだ。

「あー、それでもいいな。周大、泊めてくれない？」

呑気《のんき》な姉の言葉に、周大の顔がさらに赤く染まる。

「え、いや、あの……初美ちゃん！　俺の家って！　部屋片付いてないし！」

「そんなこと言って、周大の部屋なら綺麗でしょ。昔から綺麗好きだったじゃない。エロ本漁ったりしないから、泊めてよ」

姉が今度は周大に向かって手を合わせて頼み始める。どうしたらいいのかわからないといった顔で、周大が瀬那の顔を見てくる。瀬那は肩を竦《すく》めるだけで、助けるつもりはない。

――頑張れ！　周ちゃん。

瀬那は無責任に幼馴染を応援する。人のことなら、躊躇《ためら》いなくその背中を押せるのに、自分のことになるとぐずぐずと迷う。

そんな自分に内心でため息を吐く。その間も、初美と周大との攻防が続き、結局、周大が押し切られた。

「ありがとう！　周大！　大好き！」

カウンター席から立ち上がった初美が、周大に抱きついている。周大の顔が一気に真っ赤に染まった。そんなに実家に帰りたくないのかと、呆れた気持ちになる。

「は、初美ちゃん！　でも、あの！　今日、家を片付けてくるから、泊まるのは明日からにしてくれ！」

悲鳴のような声を出す周大は、普段の落ち着きが嘘のようにあたふたしている。

「もちろん！　今日は瀬那のところに泊めてもらう！　明日からよろしくね！」

にこにこと満面の笑みを浮かべて頷き、周大の頬に派手なリップ音を立ててキスをする。

たちまち、周大は真っ赤な彫像と化した。初美にキスされた左の頬を押さえたまま固まっている。

「憂《うれ》いも晴れたし、ご飯食べよー！」

そう言って初美は、あっさりと周大を解放して、カウンター席に座って食事を再開した。

そんな二人の対極な様子を見ながら、瀬那は何度目かわからない大きなため息を吐く。

——周ちゃんの恋が叶うまで、まだまだかかりそうね。

そう思った時、瀬那の鼻はこれまで店では嗅いだことのない焦《こ》げ臭さを感じとった。

厨房に視線を向けた瀬那は、「周ちゃん！」といまだ固まったままの周大に声を掛ける。

「何か焦《こ》げ臭いよ！　大丈夫なの？」

瀬那の大声に、周大がハッとした様子で我に返った。

「あ、やばい！　鍋を火にかけたままだ！」

周大が焦ったように、厨房に駆け戻る。瀬那も後を追えば、慌てて火を止めた周大が、頭を抱えている。

厨房の作業台には、下拵《したごしら》え前のふきやら筍《たけのこ》やらが、大量に載っていた。

「やっちまった。筍《たけのこ》を煮すぎた」

筍《たけのこ》のあく抜きをしていたらしい。煮込みすぎて、糠が焦《こ》げた匂いが厨房に漂《ただよ》っていた。

周大がコンロから鍋を下ろしている間に、瀬那は厨房の窓を開けて換気する。

「すまん。瀬那。せっかく仕入れたのに、これじゃあ客に出せない」

「仕方ないよ。別に食べられないわけじゃないし、うちでもらって筍《たけのこ》ご飯にでもするよ」

頭を下げて謝る周大に、瀬那は問題ないと首を振る。

「いや、これは俺が引き取るよ。筍《たけのこ》ご飯なら初美ちゃんも好きだし、明日の賄《まかな》いに作る」

「そう？　それならお姉ちゃんを預かってもらうし、その筍《たけのこ》は周ちゃんの方で処理してくれる？」

「わかった。悪かったな」

真面目だなと笑って、瀬那は窓を閉めた。焦《こ》げ臭さはだいぶ薄れていた。

周大が真面目だからこそ、仕入れや料理に関して、安心して任せられている。

「いいよ。それよりお姉ちゃんのことお願いね」

むしろ今回は、瀬那の方が周大に頭を下げねばならないだろう。あの姉を押し付けることになったのだ。瀬那の言葉に先ほどのことを思い出したのか、周大の顔が面白いほどに赤く染まる。

「せ、瀬那は気にならないのか？　初美ちゃんが俺のところに泊まるって！」

むせる勢いで聞かれて、瀬那は笑った。

「別に周ちゃんなら心配してない。そうじゃなかったらあんな提案してないよ」

「だけど、瀬那！　本当にどうにもならないのか？」

「ごめんね。本当に今回、お姉ちゃんを家に泊めるわけにはいかないのよ」

丁度よく話のきっかけができて、瀬那は周大に要を預かることになった旨を伝える。

「明後日《あさって》、西園さんが退院するの。それで、三日間だけうちで預かることになったのよ」

瀬那の説明に、周大が驚いたように眉を上げた。

「はぁ？　何で瀬那がそんなことするんだよ⁉」

声を大きくする周大に、瀬那は焦って、その口を手で塞ぐ。初美に聞かれなかったかと、カウンターを振り返るが、初美がこちらの声を聞きつけた様子はない。

瀬那は安堵に胸を撫で下ろす。『静かにして』と目だけで合図すると、周大は頷いた。瀬那は周大の唇から手を離す。

「預かるって、あの人記憶がないんじゃないのか！　記憶が戻ったのか？」

ぐっと声を落とした周大の問いに、瀬那は表情を引き締めた。

「戻ってないよ。だから、お姉ちゃんに会わせたくないの」

その言葉に納得したように周大も頷いた。恋に目が眩《くら》んでいても、初美がどういう人間か、周大もよく理解している。

「預かるってどうするんだ？　ここで暮らすのか？」

難しい顔をする周大に、瀬那も思案顔になる。

「三日だけ店を手伝ってもらうことになってる。といっても、簡単な給仕とか皿洗いとかだけどね。あの人が問題なく日常生活を送れるって傍で確認するだけの話」

瀬那は牧瀬から頼まれた内容と、要の今の状況を説明する。周大はなるほどと納得した様子を見せた。

――この様子なら、周ちゃんは受け入れてくれるかな？

「わかった。ここは瀬那の店だし好きにしたらいい」

周大が同意してくれたことに、瀬那はホッとする。零れた安堵の吐息に、周大が苦笑する。ポンと瀬那の頭に手が置かれた。

「悪かったな。悩ませたんだろ？　俺があの人と仲が悪いから。まあ、三日間くらいなら何とかなるだろ。記憶のないあの人が、俺に張り合ってくることもないだろうしな」

「ごめんね。周ちゃん」

「それこそ瀬那が謝る理由がわからないな。これは俺とあの人の相性の問題だからな」

瀬那を見下ろす幼馴染は、ちょっとだけ困った顔をしていた。こんな顔をさせているのは、瀬那が原因だとわかっている。

素直にあの男への恋心を認められなくて、わざと周大の存在をちらつかせるような真似をした。馬鹿なことをしたと、今なら思う。

この幼馴染は、女性関係の評判があまりよろしくなかった要から、瀬那を守るために行動してくれただけだった。その理由も、初美から瀬那のことを頼まれているからだということを知っている。

シスコンの気がある姉は、かつて周大に『私がいない間に、瀬那に変な虫がつかないように、周大が守ってね！』と頼んでいった。その言葉を、彼は律儀に守っているのだ。

そんな彼の良さが、早く姉に伝わればいいのにと思う。

「ありがとう。周ちゃん」

瀬那が感謝を伝えると、周大は手のかかる妹を見るような眼差しで、頷いた。

「相変わらず仲がよろしいことで！」

二人の間に流れた穏やかな空気を、ぶち壊すように初美の揶揄《やゆ》を含んだ声が響く。

ハッとして厨房の入り口を見ると、食べ終わった食器を手にした初美が立っていた。

初美はにやにやしながら、瀬那と周大を見ている。

「長い春もいいけど、いい加減くっつかないの？　二人で店もやってるんだし、さっさと籍を入れたら、みんなも安心すると思うわよ」

初美の悪気のない言葉に、周大の顔から表情がすとんと抜け落ちた。

――お姉ちゃん……

何故こうもわかりやすい周大の態度を誤解できるのだろう。姉の鈍感さに瀬那は頭を抱えたくなる。

自分が周大に瀬那のことを頼んだことすら、きっと忘れている。

何を言ったところで、誤解を加速させるだけの気がして、瀬那は姉の言葉に反応しないことを選ぶ。周大は眉間《みけん》に皺《しわ》を寄せて、初美を見る。けれど、何も言わずに、筍《たけのこ》の下処理作業に戻った。

幼馴染のその背を見やって、瀬那は誰にも気づかれないように、小さく息を吐く。

自分の発言のせいで、空気がおかしくなったのを感じたのか、初美は戸惑いの表情を見せた。

けれど、瀬那にはフォローのしようもない。

「それちょうだい」

瀬那は姉に歩み寄り、その手から食器を受け取った。水桶に汚れた食器を浸《つ》けてから、袖《そで》に襷《たすき》を掛けた。

「お姉ちゃん。泊まるなら上に行って自分で布団に乾燥機をかけてね。客用の布団、しばらく出してないから」

「う、うん。わかった」

瀬那の言葉に姉は戸惑いを滲《にじ》ませながら頷き、二階の自宅部分へ通じる階段を上がっていった。

瀬那は姉が使った食器を洗って片付ける。ちらりと周大を見やると、黙々とふきの筋取りをしていた。その背に声を掛けるべきか悩むが、思い切って瀬那は口を開ける。

「周ちゃん」

瀬那の呼びかけに、下拵《したごしら》えをしていた手を止めて、周大が振り返る。

「お姉ちゃんには、はっきりと言わないと伝わらないよ」

余計なお世話なのはわかっていたが、言わずにはいられなかった。瀬那の言葉に周大が大きく息を吐いた。

「わかってる。初美ちゃんにとって、俺はいつまでたっても弟でしかないってことは……だから、簡単に家に泊まるとか言えるんだよな」

周大が天を仰いで仕方なさそうに笑った。

「でも、諦められない。瀬那の言う通り、いい加減はっきりとさせないとな」

覚悟を決めたように、周大の表情が引き締まる。

「お姉ちゃんのことお願いします」

姉を任せられるのは、この幼馴染しかいないという想いで、瀬那は頭を下げた。

周大の下拵《したごしら》えを手伝ってから、瀬那は二階の自宅部分に上がった。

「あ、瀬那！　おかえりー遅かったね」

初美が食卓テーブルに座り、カメラの手入れをしていた。

「周ちゃんを手伝ってた。布団に乾燥機かけた？」

「うん。もちろん。ちゃんとかけたよ」

瀬那の問いかけに、初美がカメラの手入れをしながら答える。

「そう。お茶淹《い》れるけど、お姉ちゃんは？」

「瀬那のお茶飲みたい！　お願い！」

初美がぱっと顔を上げて、瀬那を見る。その顔には、嬉しくて仕方ないといった笑みが浮かんでいた。姉のこういうところを、憎めないと思ってしまう。

「わかった」

瀬那は台所に向かい、湯を沸かして姉の好きなジャスミン茶を淹《い》れる。

店では周大が作る料理に合わせて、日本茶をメインで出しているが、自宅ではハーブティーや中国茶も好きで、常に数種類の茶葉をストックしていた。

瀬那がガラス製のカップにジャスミン茶を注《そそ》いでいると、姉がいそいそとカメラの手入れを終えてきた。姉にカップを手渡すと、その表情が期待に満ちたものへと変わる。香りを楽しむようにカップに鼻先を近づけ、深く匂いを吸い込んだ。

「うーん！　いい匂い！」

息を吹きかけてから、ジャスミン茶を口にした姉が笑み崩れる。

「はぁー幸せ！　瀬那は本当にお茶を淹《い》れるのがうまいよねー。ありがとう！」

にこにこと笑みを浮かべる姉に、瀬那は「どういたしまして」と答えながら、その正面に座る。

「さすがお祖母ちゃんに、鍛《きた》えられただけあるわー。周大の鯛茶《たい》漬けと、瀬那のお茶を飲むと、日本に帰ってきたって気がするのよねー」

幸せそうな姉に、瀬那も手にしたカップに口をつける。口に含んだ途端、ジャスミン茶の爽《さわ》やかな花の香りが、鼻を抜けていく。その華やかな香りに、疲れていた心と体が癒《いや》される気がした。

しばし姉妹はゆったりとした気分で、ジャスミン茶を楽しんだ。

「……ねえ、瀬那」

初美が沈黙を破って、瀬那に呼びかけてきた。瀬那は顔を上げて、姉の顔を見る。

見たこともないほど、神妙な顔をした姉と目が合った。

「どうしたの?」

「うん。あの、あのね……」

いつもは快活に話す初美が、珍しいほど言いにくそうに言葉を選んでいる。その様子に、瀬那は首を傾げた。

「さっきの周大、変じゃなかった?」

姉の言葉に、瀬那は思わず真顔になる。

「私、何か周大の気に障ることしたかな?」

それを真面目に問うてくる姉に、瀬那は何とも言えない気持ちになった。

——まあ、周ちゃんのあの態度を気にするだけ、まだましか。

普段は家族以外の誰に何を思われても気にしない初美が、唯一家族以外で気にするのが周大だ。

そこにある感情に、多分、初美本人だけが気づいていない。

「お姉ちゃんがそう感じるならそうなのかもね」

姉を甘やかす気のない瀬那の返答に、初美は困ったように眉間《みけん》に皺《しわ》を寄せた。

自分の言動を振り返っているのだろう。それでもわからないといった風に、顔を俯《うつむ》けた。

瀬那はそんな姉の様子を黙って見つめる。しばしの沈黙の後、姉が口を開いた。

「瀬那は周大と結婚しないの？」

「はあ？」

姉の突拍子もない言葉に、瀬那の唇から驚きの声が漏れた。

——何で？　何でそこで私と周ちゃんの結婚話になるの？

瀬那は頭が痛くなってくる。顔を顰《しか》める瀬那に、初美は不思議そうな顔をする。

「だって、周大は瀬那のために料理人になったんでしょう？　実家の和菓子屋さんを継がずに、中学卒業と同時に、神楽坂の料亭に修業に出たし！　それが終わったら、おばあちゃんの店の料理人になったよね？　それは全部、瀬那と結婚するためでしょう？」

——これ、どこから修正すればいいの？

周大の実家は、確かに駅前商店街の老舗《しにせ》和菓子屋だ。末っ子長男の彼は、実家の和菓子屋の四代目を継ぐことを親族から望まれていた。

けれど、周大は和菓子屋を継ぐよりも、和食の料理人を目指した。実家の四代目は、家を継ぎたかった七歳年上の姉に譲っている。

そのきっかけになったのは、初美だ。本人はこの通り、綺麗さっぱり忘れているみたいだが、初美が周大に言った一言がきっかけなのだ。

『周大は和菓子屋さんになるよりも、ご飯を作る人になった方が似合ってると思う！』

あれは瀬那と周大が小学校に上がった年のことだった。周大の家は商売柄忙しく、彼はいつも瀬那の家で、放課後を過ごしていた。

あの日、瀬那たちの両親は、急用で外出しており、家には子どもたちだけが残されていた。おやつはもちろん用意されていたが、それだけでは物足りなかった初美が、おにぎりを食べたがった。夕飯は祖母が届けてくれる手はずにはなっていたが、初美はそれまで絶対に我慢できないと駄々をこねた。結局、三人で炊飯器の中にあるご飯を使っておにぎりを作ろうという話になったのだ。

だが、言い出しっぺの初美は、ご飯の熱さに早々にギブアップし、おにぎりの握り方を知らない瀬那は、おろおろするしかなかった。

そんな中、周大は果敢におにぎりを握った。初美のために、それはもう一生懸命に頑張った。

でき上がったのは、塩で味を付けただけの不格好な形のおにぎり。味もお世辞にも美味《おい》しいと言えるものではなかった。

けれど、初美は喜んだ。念願のおにぎりを周大が作ってくれたことに、ものすごく喜んだ。

まるで宝物をもらったように笑って、周大のおにぎりを食べた。

そして言った。『周大は和菓子屋さんになるよりも、ご飯を作る人になった方が似合ってると思う！』と。満面の笑みで、周大に向けて言い放ったのだ。

その一言をきっかけに、周大は料理人の道を目指し始めた。

『初美ちゃんに美味《おい》しいって言ってもらえるご飯を作れる人になる！』と人生を決めた周大は、ものすごく純粋で、一途な男だった。

幸いにも周大には才能があったのだろう。祖母の店に出入りし、当時勤めていた料理人に、料理の教えを乞《こ》うて、実力をつけた。そして、その料理人の紹介で、中学卒業と同時に神楽坂の料亭に修業に出たのである。修業後、祖母の店に就職したのも、初美が理由だった。

祖母の店で働いていれば、初美が帰ってきた時にすぐに出迎えられる。世界のどこにいても、初美はこの店に帰ってくる。だから周大はこの店で働いているのだ。

どこまでも一途な男の行動を、初美だけが理解していない。

「周ちゃんとは結婚しないよ。私、他に好きな人いるし」

さらりとそう言えば、初美の目が驚きに見開かれる。

「何で!?　周大のどこが不満なのよ！　あんないい男、世界中を探してもそうそう見つからないわよ！」

――それをそのままお姉ちゃんに言いたい。

「そうね。周ちゃんほど一途ないい男は見たことないわ」

「だったら！」

初美が身を乗り出してくる。瀬那は手の中にカップを包み込む。ほどよく冷めたカップが、瀬那の指先を温めてくれることが、心地よい。

「でも、周ちゃんには、好きな人が別にいるもの。ずーっと片思いみたいだけどね」

「は？　何言ってるの？　周大は瀬那が好きに決まってるじゃない！　うちの可愛い妹を好きにならない男なんていないわよ！」

「そんなことを言うのは、シスコンのお姉ちゃんくらいよ」

勢い込んでそう主張する姉に、瀬那は呆れたため息を吐く。

「そんなことはない！　瀬那は可愛い！　こんなに可愛く着物を着る妹は、世界を探してもいない！」

「はいはい」

瀬那はシスコンの姉の言葉を、軽く聞き流す。

「で、周大の好きな人って誰よ？　うちの瀬那よりも可愛くて、気立てがよくて、お茶を淹《い》れるのがうまいの？」

「私よりは確実に美人ね。性格は自由を愛する人かな？　お茶は、淹《い》れようと思えば、上手に淹《い》れられるんじゃないかな？」

「何よそれ！　周大って、そんな見た目だけの女に騙《だま》されてるの!?」

キーッとなる姉に、瀬那は胡乱《うろん》な眼差しを向ける。

――あなたですよ。お姉ちゃん。周ちゃんの好きな人は……

本人が告白をしてないのに、ここで瀬那がばらすわけにはいかない。いくらもどかしく思っても、告白は周大本人がするべきだ。

「さあ？　それはお姉ちゃんが、周ちゃんに聞けばいいんじゃない？」

瀬那の言葉に、姉は顎《あご》に指を当てて、考え込み始める。

――これで少しは進展してくれないかなー。でも、お姉ちゃんだからな――

お茶を飲みながら、幼馴染の長年の片思いが進展することを願った。

☆

要の退院当日――仕事を休んだ瀬那は、牧瀬と一緒に病院に向かった。

初美は昨日のうちに周大の家に移っているし、店には牧瀬が人を送ってくれていた。

かつて瀬那もお世話になった、本部の接客セミナーの講師である彼女は、昨日半日瀬那について回っただけで、なごみの店内のことをおおよそ把握したらしい。

夜の営業の時点で、しっかり戦力として働いてくれていたので、今日は安心して店を頼むことができた。

病室の扉を開けると、ここ数日ですっかり見慣れた光景が広がっていた。

――いや、最後だからより一層華やか？

退院当日なこともあってか、要の周りをいつも以上に看護師たちが取り囲んでいた。

病棟中の看護師が集まっているような気がして、瀬那は胡乱《うろん》な眼差しで、その中心にいる要の顔を眺めてしまう。本人はにこやかに、彼女たちに世話になった礼を告げている。彼女たちが賑《にぎ》やかなせいか、要は瀬那たちが入ってきたことに気づいていない。

「社長、お待たせしました」

牧瀬の声掛けに、その場にいた全員が出入り口の方を振り返った。何だか圧倒されて、瀬那はたじろぐ。

「瀬那さんが来ましたね！　じゃあ、西園さん！　お大事にしてください！」

「退院おめでとうございます！」

「お食事券は有効に使わせてもらいますね！」

瀬那たちの姿を認めた看護師たちが、それぞれ要に声を掛けて、潮が引くようにささっと病室を去っていく。

「瀬那！　牧瀬さん！　待ってた」

二人を認めた要が晴れやかな顔で笑うから、瀬那は苦笑するしかない。

――本当に人たらしなところは、記憶がなくても変わらないな。

胸に湧くモヤモヤしたものが、嫉妬なのはもうわかっている。ただ今は、昔ほど苦しくはなかった。記憶を失った要は、真っ直ぐに瀬那だけを見つめてくる。

他の女性たちと瀬那では、要の瞳に宿る熱量が違う。その明らかな温度差が、瀬那の心に平穏をもたらしていた。看護師たちもそれに気づいているせいか、要をもてはやしはするが、本気で迫ることはしない。彼女たちは身近に会えるアイドルとして、彼とのおしゃべりを楽しんでいるのだと、退院間近になってやっと気づいた。

――そういえば、この人の今の恋人ってどうしてるんだろう？

昔から、モテる男だった。自分に近寄ってくる女たちを上手にあしらい、それなりに遊んでいたことを知っている。牧瀬が言うには、親しくしている相手はいないらしいが、今もそれなりに付き合いのある女性がいるはずだ。

そう考えると、先ほどの看護師たちを見た時以上の嫉妬が湧き上がってきて、瀬那はそれを表に出さないように拳《こぶし》を小さく握る。

「どうしたの、瀬那？　怖い顔してる」

いつまでも出入り口で立ち尽くす瀬那に、要が不思議そうな顔で近寄ってくる。

顔を覗き込まれて、男の瞳に映る自分の顔が嫉妬に歪《ゆが》んでいることに気づかされる。

――何も隠せてないじゃない。馬鹿……

どんな女性遍歴があったとしても、今、この人の瞳に映るのは私だけだ。

これが期間限定の儚《はかな》い夢だとわかっている。

要が記憶を取り戻せば、何もかもが元に戻るとわかっていても、今この期間の要を独占したい。

自分の中にこんなにも強い感情があったことに瀬那は驚いた。

「また看護師さんたちにやきもち焼いたの？」

期待するように瞳を輝かせて要が、問うてくる。

「そうですね。妬《や》きましたよ」

さらりと答えると、驚いたように目を見開かれた。

けれど、瀬那が嫉妬したのは看護師たちではなく、いるかどうかもわからない要の今の恋人だ。

「え？　瀬那？　え？」

素直に瀬那が認めるとは思っていなかったのだろう。焦った顔で視線をきょろきょろとさせる要の頬が、徐々に赤く染まっていく。

自分の言動に一喜一憂する男が、愛おしくも、可愛らしく見えて、瀬那はくすりと小さく笑った。

「瀬那！」

揶揄《からか》われたと思ったのか、要の表情がムッとしたものに変わる。

――本当に不思議。

記憶を失う前の要は、ポーカーフェイスが得意で、瀬那の方がいつも振り回されていた。けれど今、瀬那の方が彼を振り回している。その状況に、胸の奥がくすぐられる。

単純だが、それだけで先ほどの嫉妬が和《やわ》らいでいく気がした。

「準備はもう整っているんですか？」

「終わってる」

瀬那の問いに、要が面白くなさそうな顔をして答える。そんな要に微笑みかけて、瀬那は今日のスケジュールを伝える。

「では、これから西園さんのご自宅に向かいます」

「俺の自宅？　瀬那のお店に行くんじゃないの？」

要は今日からもう瀬那の店を手伝う気満々だったのか、怒っていたことも忘れた様子で、不思議そうな顔をする。

「ええ。今日は退院初日ですから、まずは西園さんのご自宅に行きます。店の手伝いは、明日からお願いします」

昨日のうちに牧瀬や周大を交えて、要を預かるにあたっての打ち合わせをしていた。

退院初日の今日は自宅で過ごしてもらい、記憶を取り戻すきっかけを探すことにする。そして翌日からは社会生活復帰のためのリハビリを兼ねて、瀬那の店の手伝いを頼むことにしたのだ。

「それで大丈夫なの？　瀬那がいなかったら、お店回らないんじゃない？」

心配そうな顔をする要に、大丈夫だと瀬那は頷く。

「今日は牧瀬さんが、人を手配してくださっているので、昼間は問題ありません。西園さんの様子を見て夜の営業に行くか決めます」

「そっか。今日から瀬那の店を手伝う気満々だったんだけどなー」

気が抜けた様子の要に、瀬那は澄ました顔で、「明日から張り切ってこき使わせていただきますので、覚悟しておいてください」と答える。

「わかった」

からりとした笑みを浮かべた要は、荷物の点検をしている牧瀬のもとに行った。

それから退院の手続きをして、牧瀬の運転で要のマンションに向かった。

牧瀬はこの後、仕事があるということで、瀬那たちをマンションに送ると、匡邦のところへ戻っていった。

瀬那は牧瀬から預かっていた要の部屋の鍵で、彼の部屋の扉を開ける。

「お邪魔します」

自分の部屋なのに、要は遠慮がちに靴を脱ぐと部屋に上がった。瀬那はその後に続いて、久しぶりに要の部屋に入った。

タワーマンションの高層階にある角部屋は、独り暮らしの男性の部屋にしては、驚くほど広かった。廊下を抜けて辿《たど》り着いた二十畳あるリビングは、壁一面に夜景が見下ろせる窓があり、今は初夏の柔らかな日差しが射し込んでいた。作業性が抜群の広いキッチン、寝室と、書斎。十畳はあるウォークインクローゼット。

要は部屋の広さに圧倒された様子で、室内をきょろきょろ見渡している。

「何か思い出すことはありますか？」

瀬那の問いに、要は「うーん」と首を傾げる。

「広すぎて、自分の家って実感が湧かない」

要はリビングの中央に立つと、ぐるりと部屋の中を眺め回し、肩を竦《すく》めて苦笑した。

「瀬那はこの部屋に来たことあるの？」

「秘書時代に何度か……」

「そっか。じゃあ、俺よりも詳しいよね。案内してくれない？」

「わかりました」

この部屋に来るのは秘書を辞めて以来だから、二年ぶりだ。記憶を辿《たど》りながら、瀬那は要を連れて、家の中を案内する。風呂場やトイレ、寝室。廊下に沿って一緒に歩くが、部屋の扉を開けるごとに、要の表情は硬いものに変わっていく。瀬那は要の様子を気にしながら、一通り家の中を案内した。

週に二回ハウスキーパーが入っているおかげか、主《あるじ》不在でも家の中は清潔に保たれており、生活感が薄かった。それでもキッチンには料理好きの要が揃えた、様々な調味料と料理器具が使いやすいように並べられている。

すべての部屋を見終わって、瀬那たちはリビングのソファに落ち着いた。

要は疲れたように、ぐったりと一人掛けのソファの背に寄りかかっている。

そこは正面にある窓から外の景色を一望できる、要の定位置ともいえる場所だった。何も覚えていないといっても、要は無意識に好きな場所を選んでいるようだ。習慣や好きなものは忘れないのだなと、瀬那は思った。

「何か飲み物を用意しましょうか？」

要がひどく疲れて見えてそう問うと、要は頷くだけの返事をした。瀬那はソファから立ち上がり、冷蔵庫を開けた。

中には、ハウスキーパーが今日のために用意した食材や飲み物が、使いやすいように整頓されて入っている。瀬那はその中から、要が好きだったジンジャーエールの瓶を取り出した。二人分グラスに準備して、彼のもとに戻った。

「どうぞ」

「ありがとう」

要はグラスを受け取ると一気に呷《あお》った。要の様子を気にしつつ、瀬那は彼とは角を挟んだ斜め向かいにある三人掛けのソファに座る。

「大丈夫ですか？」

「ああ、家に帰ってきたら何か思い出すかもって期待してたんだけど、全く思い出せないことにびっくりだ」

目を凝《こ》らすようにもう一度部屋の中を見渡した後、要は深いため息を吐いた。懸命に自分の記憶に引っかかるものを探しているようだが、見つけられずに落胆し、表情が険しくなる。

「そんなに焦らなくてもいいと思いますよ。今日退院したばかりじゃないですか」

「そうだけど……」

ソファの背に頭を預け、要は仰《の》け反《ぞ》るように天井《てんじょう》を見上げた。落ち込む男の姿に、瀬那はかける言葉を失う。いくら明るく振る舞い、気にしていないような態度であっても、やはり自身の記憶の欠落を気にしていたのだろう。

「あ、でも、記憶を失う前の俺について、わかったことがいくつかあるよ」

少し気が抜けたような表情で、要はそう言った。

「何ですか？」

要がソファの背から頭を上げ瀬那を見た。そして、自分の手を顔の前に広げた。

「まず、ものすごいお金持ち」

そう言いながら親指を折る。茶目っ気のある仕草に、瀬那は肩の力を抜いた。

「そうですね。ものすごくお金持ちでしたよ。他には？」

「だよね。俺って信じられないくらいお金持ちだと思う。それと高所恐怖症ではないらしい」

今度は人差し指を折る。どうやら自分について、わかったことを数え上げているらしい。存外、真面目な顔をしている男がおかしくて、瀬那は小さく笑う。

「高所恐怖症というよりは、むしろ高い場所がお好きでしたよ」

「そうなの？　まあ、そうじゃないとこんな高いところには住まないよね」

「夜景を……夜景を見るのが好きでした」

この男と幾度となく眺めた夜景が脳裏に浮かんだ。

「夜景？　ふーん？　それって瀬那と一緒に見てたの？」

「仕事で遅くなって、休憩する時にたまに」

「そっか」

要は外の景色が見渡せる窓に視線を向けた。束の間の沈黙が落ちる。

「あとここには俺しか住んでない。他の誰かが出入りしてる様子がないな」

窓から視線を戻した要が中指を折った。

「あまり自分以外の誰かを部屋に入れることが、お好きじゃありませんでした」

そう言いながら、瀬那は久しぶりに入ったこの部屋に、要以外の人間の気配がないことにホッとしている自分に気づく。

「そうなんだ？　でも、瀬那は出入りしてたんでしょう？　牧瀬さんも」

「私たちは秘書としてです」

「本当に？　仕事だけ？」

真面目な顔をして問うてくる要に、瀬那はどう答えたものか迷う。

――今のこの人に、嘘はできるだけつきたくない。

「西園さんは料理が趣味で、それでストレス発散をすることがあったので、たまに付き合いでお邪魔したことがあります」

「ああ、そういえば、そんなこと言ってたな。じゃあ、俺は料理が得意だったも追加かな？　確かに調理器具と調味料がいっぱいあるな。残念ながら、今の俺にはどれを何に使うのかさっぱりだけど！」

薬指を折った要が、くすりと笑った。茶目っ気のある男の表情に、瀬那の心の緊張も和《やわ》らいでいく。

「あとこれ、一番重要だと思うんだけど、俺ってイケメンだと思う！」

小指を折っておどける男に、瀬那もつられて笑ってしまう。

「瀬那が笑ってくれてよかった」

柔らかに目元を緩めた要が、瀬那を見つめていた。

大変なのは要のはずなのに、彼は瀬那を気遣ってくれている。

けれど、逆に瀬那は落ち込みそうになった。

「うーん。記憶喪失って厄介だな」

ここにきて要が初めて困ったように笑う。

「最初はもっと簡単に記憶って戻るものだと思ってた」

「西園さん……」

「瀬那のことは覚えていたし、会えばそのうち記憶も戻って、すぐに社会復帰できると思ってたんだ」

苦く笑う男の表情に、瀬那は胸を突かれる。

「焦っても仕方ないのはわかってるんだ。でも、正直怖いって思う。何にも覚えてないことが……ねえ、瀬那。瀬那の知ってる俺のことを教えてくれないか？」

「私が知ってる西園さんのことですか？」

「うん。瀬那の話を聞いたら、何か思い出すかもしれないと思って……」

そう言われて瀬那は戸惑う。話すことは構わないが、何を話すべきなのかわからない。

「何が聞きたいですか？」

「じゃあ、瀬那から見た俺ってどんな人間だった？」

要の問いに、瀬那は一度瞼《まぶた》を閉じた。思い浮かぶ男の姿は、秘書時代に仕えた要の姿だった。

「……仕事に関しては厳しい人でした」

——本当に容赦がなかった……

苦笑と共に、瀬那の脳裏に要と共に過ごした日々が一気に駆け抜ける。

あの頃の要は厳しくて、その背中についていくので精いっぱいで、振り回されるたびに腹を立てていた。

――でも、いつからかな？　この人の傍にいるのが当たり前になったのは……

二人で眺めたいくつもの夜景が思い出された――役員室で、この部屋で、海外のホテルで――

今、その光景を覚えているのは自分一人なのだと思うと、寂しさが胸を過《よぎ》った。

あの時間があったから、瀬那はこの男の傍にいられたのだと思うと、なおさらその思いは強くなる。

「プライベートの俺は？」

瀬那の寂しさに寄り添うように、要がそっと静かな声で問いかけてきた。

その声に、瀬那の顔に淡い笑みが浮かぶ。

正直、要のプライベートの姿を問われても、瀬那にはもうよくわからない。

秘書時代は、それこそ彼のすべてを知っているような気がしていた。だが、それは共に過ごした時間の長さゆえの傲慢《ごうまん》な誤解だ。要が瀬那に見せていた姿は、彼のほんの一部でしかなかっただろう。要の傍を離れて二年――今の記憶を失った要を見て、それを実感した。

目の前の要は瀬那の全く知らない人間だ。そんな彼の見せる表情は、これまで要が瀬那に見せてこなかった感情のように思える。

「優しさが、わかりづらい人でした」

「優しさがわかりづらい？」

瀬那の言葉に要が首を傾げる。瀬那は微笑んだまま、再び瞼《まぶた》を閉じる。

瞼《まぶた》の裏に浮かぶのは、オレンジの常夜燈に照らされて、甘く蕩《とろ》けたチョコレート色の瞳。

あの日の要は、優しかった。自分に触れる指も唇も、ただ瀬那の悲しみに寄り添ってくれていた。

ゆっくりと瞼《まぶた》を開くと要と目が合い、切なさに胸が疼《うず》いた。

「素直じゃなかったんですよ」

――今のあなたとは違って……でも、意地っ張りだったのは私も同じか……

言葉にできない想いを胸に、瀬那は微笑む。

何をあんなに意固地《いこじ》になっていたのかと思う。素直にこの男の胸に飛び込めば、違った今があったのかもしれない。恋人として、もしくは夫婦として、この場にいたかもしれない。

――この人はあの日、私に何を言おうとしていたのかな？

もし、事故に遭わなければ、要が記憶を失うことがなければ、あの日、二人はどうなっていたのだろうという気持ちが湧き上がる。

――考えても意味がない。

瀬那は顔の前に手のひらを広げて見せる。

「私が知ってる以前のあなたは、わがままで、俺様で、優しさがわかりづらくて、夜景を見るのが好きで、料理上手でした」

要について知っていることを一つ一つ言葉にするたびに、先ほど要がしたように指を折っていく。

拳《こぶし》を握ったところで、一旦、言葉を切った。

「俺って、やっぱり俺様だったの？」

要が何とも言えない顔をするのがおかしくて、瀬那は笑う。

「そうですね。とってもわがままな王様でしたよ。でも、努力を惜しまない人でした。人たらしで、女好き。ポーカーフェイスが得意で何を考えているのかわからない。そして……」

今度は一本、一本、小指から指を立てていく。瀬那が何かを言うたびに、要の表情がどんどんと情けないものに変わっていった。最後の親指だけを残してにやりと笑う瀬那に、要はごくりと息を呑んだ。

「後は、やっぱりイケメンですね」

親指を開いて、ひらひらと手を振ると、要は気が抜けたような顔をする。その表情に、瀬那はくすくすと声を立てて笑った。

「瀬那の言う俺って、ものすごくひどい奴じゃない？」

眉を下げた情けない顔をして、要が質問してくる。

瀬那は「ふふふ……」と笑って、ジンジャーエールのグラスを手にして、喉を潤《うるお》す。

——これくらいの意趣返しは許してください。

今はいない男に胸の内だけでそっと許しを請《こ》う。

「私が秘書をしていた頃のあなたは、本当に容赦のない人でした。その頃の恨みがあるので、私の視点からの話だと、評価が辛くなるんですよ」

「それにしても、表現がひどすぎないか？　ていうか、もしかして瀬那って、俺のこと嫌いなのか？」

むくれる男に、瀬那は堪《こら》えきれず声を立てて笑う。胸に去来《きょらい》していた寂しさが、柔らかに解けていった。

「そんなことはありませんよ。経営者としての西園さんのことは尊敬してますし、鍛《きた》えてくださったことには感謝もしています。だけど、それを差し引いても、あなたには振り回されてました」

「一体、何をしでかすと、こんなぼろくそに言われるんだ？」

問われて、瀬那は「うーん」と考える。

「西園さんは日本茶が苦手で珈琲《コーヒー》が好きだったから、うちの店に彼専用の珈琲《コーヒー》豆が置いてあります。といっても、うちは基本的に和食を提供する店なので日本茶しか出してないのに、何度言っても珈琲《コーヒー》を淹《い》れろと珈琲《コーヒー》豆を持ってこられた結果ですけど。そういうことをする人でした」

店の休憩時間とわかっていて、わざわざその時間に珈琲《コーヒー》を飲みに来ていた真意を、瀬那は知らない。

「あー、俺って実はいい年こいてものすごくガキだったってこと？」

呆れたような顔で、要が嘆息する。

「ガキ？」

「だってそれ、好きな子にわがまま言って、自分のことを特別扱いしてほしかったってことだろ？　どう見てもガキの行動じゃないか」

要の解説に、瀬那の胸がことりと音を立てた。胸の奥が甘く疼《うず》く。

――あの人は、そんな風に考えていたの？　私があなたを特別扱いするかどうかを毎回、確かめていたの？

「記憶がないからわからないけど、俺、別に日本茶が苦手ってことはないと思うよ？　病院で普通に飲んでたから」

「え？」

瀬那は要の言葉に、目を瞬《またた》かせる。紐解《ひもと》かれた要の行動の意味は、確かにひどく子どもっぽい。けれど、その素直じゃなさが、瀬那の心を甘く揺らす。

本当にお互い、ただただ素直になれなかったのだと実感する。

――馬鹿ね。

どれだけの時間を二人は無駄にしたのだろう。ただ素直に「好きだ」と、その一言が言えていれば、要は事故に遭うことも、記憶を失うこともなかったかもしれない。

何もかもが仮定の話だ。互いに想いを伝え合ったとしても、要も瀬那も意地っ張りすぎて、うまくいかなかったかもしれない。

瀬那は要の顔を見る。要の瞳が切なげに眇《すが》められた。その瞳には、今自分が映っている。

――大丈夫。たとえ記憶がなくても、今この人は私の傍にいる。

大事なのはそれだけだ。

事故の日、意識のない要を抱きしめた時の恐怖が、まだ瀬那の中に残っている。

祖母のように、ある日突然、要もいなくなるのかもしれない――

その恐怖を思えば、今があり明日へと続く時間があることが、瀬那にはとても愛おしいものに思える。

要がソファから立ち上がり、瀬那の傍に歩み寄ってくる。正面に立つ男を、瀬那は見上げた。

要の指が瀬那の頬にそっと触れる。表情を確かめるように、彼の指が瀬那の輪郭を辿《たど》る。くすぐったさを覚えるような指の動きに、瀬那は肩を竦《すく》めた。

「ねえ、瀬那……」

「何ですか？」

「自分が今、どんな顔をしてるかわかってる？」

瀬那はもう一度、男の瞳を見上げる。その瞳に映る自分の顔は、頼りないものだった。しかし、彼の瞳には違う風に見えているのか、男が仕方ないと言った顔で笑う。

「会いたくてたまらないって顔をしているよ。記憶を失う前の俺に会いたいんでしょう？」

切なさを孕《はら》んだ男の言葉に、瀬那は目を瞬《またた》かせる。そして、自分の頬に触れる男の手に自分の手を重ねて、頬を押し付けた。

感じるぬくもりは、あの日、瀬那を慰《なぐさ》めてくれた彼と、同じだけ温かい。

「あなたは今、ここにいる。それだけで十分です」

「本当に？」

瀬那の真意を探るように、男が顔を覗き込んでくる。その瞳の奥に宿る不安に、瀬那は気づいた。

誰もが、要の記憶が戻ることを願っている。それは瀬那も同じ。

だけど、それは目の前の彼がいなくなるのと同義なのだ。もしかすると彼は、自分がここにいてもいいという拠《よ》り所《どころ》がほしいのかもしれない。

「記憶があってもなくても、あなたはあなたです。何も変わりません」

「瀬那は嘘つきだね」

「嘘は何もついてませんよ？」

男の端整な顔が、吐息の触れ合う距離までぐっと近づいてくる。

「だったら、俺が今ここでキスをしたら、瀬那は受け入れてくれる？」

揺れる瞳でそう尋ねる男は、瀬那の知らない男だ。

けれど、触れ合うぬくもりが、匂いが、目の前の男は、瀬那の恋した男だと教えてくれる。

瀬那は男の首に腕を回して引き寄せた。驚きに男の顔がきょとんとなる。その無防備な表情が可愛くて、瀬那は小さく笑うと、自分から要に口づけた。

要の瞳が大きく見開かれたのを確認して、瀬那は瞼《まぶた》を閉じる。

軽く触れ合わせて、何かを言いかける男の唇を塞ぐ。舌先で男の唇の狭間《はざま》を撫で、開いた唇の中に舌先を差し込めば、男の腕が瀬那を攫《さら》った。

ソファから立ち上がり、男の腕の中に囚《とら》われる。馴染んだ香りが、瀬那の鼻腔《びこう》をくすぐった。

この男にはよく似合うと思う香水の香りを、深く吸い込む。

そのタイミングで、男の舌が瀬那の唇の奥に侵入してくる。絡められた舌の強引さに、記憶を失っていても、こういうところは何も変わらないのだなと思った。

「……ふぅう……」

零れた吐息は、男の口の中に溶けて消えた。

瀬那を抱く男の腕に力がこもり、体が仰《の》け反《ぞ》る。唇がさらに深く合わさった。

舌の根を探られて、腰の奥が疼《うず》く。交換する互いの唾液が、まるで媚薬《びやく》のように二人の欲情の沸点を一気に上げた。

「……瀬那」

キスが解かれ、要が欲情で掠れた声で、瀬那の名を呼ぶ。

――ああ、この声が聞きたかった。

自分はもう一度、この声で、名前を呼んでほしかったのだ。

「こんなことされたら、止まれなくなる」

戸惑いを滲《にじ》ませながらも、要は瀬那の様子を確かめるように顔を覗き込んでくる。その瞳に明らかな欲情を宿す男に、瀬那の中の女が騒ぐ。きっと彼は、最初から瀬那が断るとは思ってもいないのだろう。

――本当に、こういうところだけは何も変わらない。

要らしい強気さの覗く姿に、瀬那は安堵する。

「拒《こば》むくらいなら、最初からこんなことしてませんよ」

「ねえ、瀬那。俺たちは本当に恋人じゃなかったの？」

今更の問いに、瀬那は笑う。

「違います」

「じゃあ、これは何？　同情？」

「違います。私たちは恋人じゃなかった。でも、私は……」

潤《うる》む瞳で男の端整な顔を見上げ、瀬那は今まで言葉にできなかった想いを、初めて音にする。

「好きです。記憶があっても、なくても、どっちでもいい。あなたがここにいてくれれば、それだけでいい」

「瀬那……」

要の声が甘く歪《ゆが》んだ。引き寄せられて、再び唇が重なる。

瀬那は瞼《まぶた》を閉じず、要の端整な顔を見つめた。いつもはオールバックにしている前髪が額にかかり、年齢よりも幼く見せている。くるくると変わる表情は、瀬那の知らないものだ。

でも、目の前の男が、恋しいと思うこの気持ちは何も変わらなかった。

瀬那の視線を感じたのか、要が瞼《まぶた》を開いた。見つめ合ったままキスを繰り返す。

要の手が着物の上から瀬那の体を這《は》い、臀《でん》部《ぶ》の柔らかな膨らみを掴んで引き寄せる。体がさらに密着するけれど、要の手が戸惑うように、そこで止まる。息を弾ませながら、キスが解けた。

「どうしたらいい？」

切羽《せっぱ》詰まったような顔で問いかけてくる要の意図が読めず、瀬那は首を傾げる。

「何が？」

「俺は着物の脱がせ方を知らない」

――真面目な顔で何を言うのかと思えば……

こんな時なのに、こんな時だからか、瀬那はおかしくなる。

以前の要なら、きっと顔色も変えずに瀬那の着物を脱がせただろう。そんな状況になったことはないが、きっとあの男ならそれくらいは知っていそうだと思った。

「自分で脱ぎますよ」

「それは何か勿体《もったい》ない」

「勿体《もったい》ない？」

「着物の女性を脱がせるのって、男のロマンじゃないか？」

この雰囲気でいきなり出てきた男の俗な言葉に、瀬那は目を瞬《またた》かせる。

「どこから出てきたんですかそれは？」

「入院中に見てたテレビ？」

一体、どんな内容のテレビだと、瀬那は呆れた眼差しを要に向ける。

要はそれ以上は何も言わずに微笑むと、瀬那の項《うなじ》を掴んだ。肌がざわりとざわめくほど男の手は熱かった。

何がロマンだと呆れもするが、欲望に忠実な男の言動は嫌いじゃない。

求められている実感が、瀬那の心を満たす。

「着物の女性にどんな幻想を抱いているのか知りませんが、幻滅しないでくださいね？」

「それこそ何で？」

「脱がせたらわかりますよ。とりあえず、ここで脱ぐのは嫌なので、移動しませんか？」

瀬那の提案に、要は真面目な顔で頷いた。抱擁《ほうよう》が解けて、手を掴まれる。

自分を包むぬくもりがなくなって寂しいと思うより先に、寝室へと誘われた。

十五畳ほどの広い寝室は、中央にキングサイズのベッドが置かれている。紺色を基調としてファブリックと木目調の家具が配置された部屋は、リラックスできる雰囲気に整えられていた。

カーテンの紺色が初夏の日差しに照らされて、深みのある青色に見える。

寝室に入ってすぐ、要が瀬那を振り返った。眩《まぶ》しいものを見るように、要の瞳が細められる。

「どうやって、脱がせればいい？」

真面目な顔で問うてくる男に、瀬那は笑ってしまう。

「帯締めを外してください」

「帯締め？」

「帯の真ん中のこの紐《ひも》です」

瀬那は帯締めの結び目に指をかけて、持ち上げる。

「これどうやって解くんだ？」

要は固く結ばれた帯締めの結び目を前に、囁《ささや》き声で問いかけてくる。それに瀬那も、囁《ささや》き声で解き方を説明する。要は瀬那に言われるまま帯締めを解いた。

帯締めが解かれて、背のお太鼓《たいこ》が崩れた。

「次は？　これを解いたら、帯って解けるのかと思った」

「残念ながら、帯上げと、帯枕《まくら》を外さないと解けません」

「帯上げと帯枕《まくら》ってこれ？」

お太鼓《たいこ》の形を綺麗に保つために入れている帯枕《まくら》と、それを隠すための帯上げを示す。要の指が帯の中から、帯上げを引き出し、その下の帯枕《まくら》を支えているガーゼを引っ張り出した。

帯締めと帯枕《まくら》が外されて、瀬那の体に沿って、帯が滑り落ちる。

「帯が解けたな」と言いながら、要が笑い出した。何がおかしいのかと、瀬那はすぐ傍にある要の顔を見上げる。

「いや、帯を解くのって、昔の時代劇の悪代官のイメージがあってさ」

「悪代官って、あれですか？　町娘とかが、あーれーとか言いながら、帯を引っ張られるやつ？」

「そうそう」

「イメージが古すぎませんか？　あれってコントのネタじゃないですか？」

「入院中、暇すぎて、テレビでやっていた時代劇のコントを見てたんだけど、そんなシーンが流れてたから、できるかなーと思って」

「だから、男のロマンとか言ってたんですか？」

胡乱《うろん》な眼差しで要の顔を見ると、彼は目線を逸らした。

「馬鹿ですか？」

「……かもな」

横を向く要の耳朶《じだ》が赤く染まっている。自分でも、馬鹿なことを言っている自覚はあるのだろう。

「この帯はそこまで長くありませんので、あれはできませんよ」

「残念」

ようやく要が、瀬那の顔を見た。顔を寄せ、瀬那の鼻先に自分の鼻先を擦りつけてくる。くすぐったさに、瀬那の笑い声が増した。

「後は何となくわかるかも……」

そう言った要が瀬那の伊達《だて》締めの結び目を解き、着物の胸紐《ひも》、腰紐《ひも》を解く。着物の前合わせがすとんと音を立て開く。

「さっきから気になってたんだけど、これってデニム？　柄も何か変わってない？」

着物の袖《そで》を脱がせながら、要が瀬那の着物の生地《きじ》を検分するように、目を近づけている。

「そうです。デニム生地《きじ》に英字柄の着物です」

「こういう柄もあるんだな。今日、会った時から可愛いって思ってた。瀬那によく似合っている。帯も変わった柄だったよな？」

「トランペットの柄です」

瀬那は足元に渦巻いて落ちている帯に、視線を向ける。クリーム色の生地《きじ》に、ピンクでトランペットが描かれ、トランペットから五線譜に乗った音符が飛び出している柄が描かれている帯だった。

「瀬那の着物はいつも可愛い。色々と面白い柄があるんだな」

感心したような要の言葉に、瀬那は何と答えるべきか迷って、「ありがとうございます」と呟くように礼を言った。

今までこんな風に、要に素直に褒《ほ》められたことがなかったから、何だか落ち着かなくなる。

袖《そで》が抜かれて、ぱさりと音を立てて、着物が足元に落ちる。

「ところで、さっき言っていた着物を着た女性に対する幻滅って何だったんだ？　今のところ、幻滅する要素は見当たらないけど？」

長襦袢《ながじゅばん》姿になった瀬那を見下ろして、要が首を傾げる。

「それはこの先でわかると思いますよ？」

瀬那は着物を綺麗に着て、着崩れないようにするために、肌襦袢《はだじゅばん》の上にタオルや腰パッドを巻いていた。正直、その姿は、少し間抜けに見える。

「ふーん？」

納得がいかない様子で、要が長襦袢《ながじゅばん》の伊達《だて》締めを解き、胸紐《ひも》を外すと、長襦袢《ながじゅばん》の前が開いた。そこから、腰回りにタオルやら何やらを巻いた姿が覗いて、要が目を丸くする。

瀬那は悪戯《いたずら》が成功したような気持ちで、自分から長襦袢《ながじゅばん》を脱ぎ、彼によく見えるように両手を広げた。腰やらお腹にタオルを巻いた姿は、仕方ないとはいえ、やはり少し間抜けに見える。

タオルやパッドを巻かない人もいるが、瀬那は仕事着でもある着物は、きっちりと着たい派の人間だから、必ず補正をしていた。

「この姿が結構恥ずかしいので、着物女子は、お泊まりデートをしないって言われているんですよ」

瀬那の言葉に要が、ふわっと笑った。その笑みはまるで少年のようにあどけなくて、瀬那は思わず見惚れてしまう。

「これはこれで、何か可愛いと思う。自分だけが知ってる姿って思えば、なおさらに」

要の手が、タオルを押さえている紐《ひも》に触れる。

「解いてもいい？」

「どうぞ」

引かれなくてよかったと、ちょっとホッとする。どんな時だって、好きな人の前では可愛い姿を見せていたいと思うのは、女心だ。特にこんな場面だと余計にそう思ってしまう。

「着物を脱がせるのって、何だかプレゼントのラッピングを解いているような気分になる」

本当に楽しそうな顔で、要は次々と補正のための紐《ひも》を解いていった。タオルや腰パッドが足元に落ちて、肌襦袢《はだじゅばん》と足袋《たび》だけの姿になる。

そこで瀬那は、足元にわだかまる着物類を跨《また》いで、ベッドに座らされた。

跪《ひざまず》いた要が、足袋《たび》のこはぜを慎重な手付きで外して、片足ずつ足袋《たび》を脱がせてくれる。

「瀬那は足が小さくて可愛いな」

素足の甲に要が口づけた。その淡い感触に、びくりと瀬那は震える。

事あるごとに可愛いと言われて、今まで感じたことのない照れくささを感じてしまう。

着物を脱がせてもらっている間に、気持ちが冷めるかもと思ったが、それが瀬那の杞憂《きゆう》であったと知る。自分を見上げてくる男の眼差しは、変わらず欲情を孕《はら》んでいた。

簪《かんざし》が抜かれて結い上げていた髪が解け、肩先に滑り落ちる。要はその簪《かんざし》をベッドサイドのテーブルに置くと、そのまま服を脱ぎだした。

そうしてのし掛かってきた要の下半身が、すでに昂《たかぶ》っていることに気づく。

肌襦袢《はだじゅばん》の紐《ひも》が解かれて、前を広げながら首筋に口づけられた。

「着物の襟《えり》から覗くこの黒子《ほくろ》が、ずっと色っぽいって思ってた」

瀬那の左の首筋、衣紋《えもん》を抜くとぎりぎりで見える場所に、黒子《ほくろ》がある。そこに要が吸い付いた。

「んっ！　ダメ！　見える場所に、痕《あと》を付けないで」

ぴりっとした感覚に、瀬那は咄嗟《とっさ》に要の肩を押して抵抗する。

「わかった」

存外素直に、要が黒子《ほくろ》から唇を離した。ホッとする間もなく、要の唇が瀬那の肌の上を這《は》い始めた。見える場所はやめてと言ったせいか、見えない場所ならいいのだろうと言わんばかりに鎖骨から下の着物で隠れる部分に、執拗《しつよう》に吸い付いてくる。赤い花が肌の上にいくつも咲いた。

着物用のブラジャーのファスナーを、要が口に咥《くわ》えた。一体何をする気だと見ていれば、要がそれを咥《くわ》えたまま、下におろした。

艶冶《えんや》な眼差しを向けられたままの行為に、カッと体の芯に熱が灯る。

押さえ込まれていた胸元が解放されて、ふるりと乳房が零れ出る。

「着物だとわからなかったけど、瀬那って案外、胸が大きいんだな」

その光景を見下ろした要の言葉に、瀬那は羞恥《しゅうち》に顔を赤くする。

要は大きさを確認するように、左の乳房を手のひらで包んだ。男の大きな手にすら収まりきらないそれに、要の瞳が細められる。そして胸の柔らかさを楽しむように、乳房が揺らされた。

艶《なま》めかしい手つきで胸を揉まれ、瀬那の乳房はつきたての餅のように柔らかに解された。体の熱が上がり、肌が薄紅色に染まり始める。

指の腹で、胸の頂《いただき》が摘《つま》まれた。薄赤い突起が色を濃くして、硬く立ち上がる。

「あ、まっ……」

びくりと体を震わせる瀬那に、要はまるで紙縒《こよ》りをよるように、胸の頂《いただき》をくりくりと指で捻《ひね》った。

「あ、んん！」

全身に甘い痺《しび》れが走って、瀬那は喉を晒《さら》して仰《の》け反《ぞ》った。完全に立ち上がったそれを、執拗《しつよう》に指の腹でくりくりと擦り上げられて、瀬那はたまらずに甘い声を上げた。

「……んぅ……ん、……ふぅう……」

自分の喘《あえ》ぎ声が、やけに大きく聞こえて喉の奥で押し殺すと、鼻先から熱い吐息が零れた。

それが面白くなかったのか、要がいきなり指で弄《もてあそ》んでいたのとは反対の乳首に吸い付いた。

「あぁ……！」

ぴりぴりとした甘い痛みが全身に広がる。それを宥《なだ》めるようにゆっくりと舌で舐《な》め上げられて、瀬那は声が我慢できなかった。

満足そうに笑った要は、舌で瀬那の乳首を翻弄《ほんろう》し始める。濡れた肉厚の舌で、ぬるぬると乳首をくすぐられると、ぞわぞわと疼痛《とうつう》にも似たものが背筋を滑り落ちる。ジンジンと体中が疼《うず》いて、瀬那は爪先でシーツを蹴った。

熱い舌で片方の乳首を扱《しご》き上げられ、指でもう片方を嬲《なぶ》られると、息が乱れた。

声を我慢することもできず、瀬那は感じるままに甘い喘《あえ》ぎ声を上げる。

その間に、要の手は瀬那の全身を這《は》い始め、柔らかにゆっくりと肌の上を辿《たど》られる。

まるで、とろ火で炙《あぶ》られているような愛撫《あいぶ》だった。もどかしいくらいの刺激に焦《じ》れったさが募《つの》り、反射的に腰を捩《よじ》る。

まるで逃げを打つような動きに反応した要に、がっしりとした腕で捕まえられ、上から押さえ込まれた。

「逃げるな」

静かに見下ろされて、背筋がぞくりとする。笑っているのに、男の瞳は瀬那を射貫くほどの力があった。チョコレートのように蕩《とろ》けた茶色の瞳に、ひどく野蛮な光がちらついている。

——ああ、私を欲しがる目だ。

甘く蕩《とろ》けているのに、欲情を隠さない男の瞳が、瀬那の心を騒がせる。

——この瞳は変わらなかった。

目は口ほどに物を言うとはよく言ったものだ。記憶を失う前も後も、要のこの瞳は素直に、瀬那が欲しいと訴えていた。

瀬那は手を伸ばして、男の左の目元に触れる。要がふっと表情を和《なご》ませた。

「瀬那は俺の顔に触れるのが好きだよな」

そう言われて、瀬那は首を傾げる。だが、言われてみれば、確かに瀬那はよく要の顔に触れているかもしれない。

「好きなので……」

「俺の顔が？」

「ええ」

頷いた瀬那は両手を伸ばして、要の顔を包む。意志の強そうな眉からきりっとした目元、高い鼻筋。一つ一つ、男のパーツを大事に撫でて、形を確かめる。

「くすぐったい。瀬那……」

悪戯《いたずら》な手を男に掴まれ、そのまま頭上に張り付けにされた。そして、先ほどの瀬那の指先の動きをなぞるように、眉の上に、閉じた瞼《まぶた》に、目じりに、鼻先に、キスが落ちてくる。

男の唇は、ただただ甘かった。

くすぐったさに瀬那も笑う。

寝室に二人の笑い声が、密やかに響く。

笑って綻《ほころ》んだ瀬那の唇が、男の唇に塞がれる。一気に深くなる口づけに、隅々まで貪《むさぼ》られる。キスをしたまま足を絡められ、男の手が瀬那の大腿《だいたい》を這《は》い始めた。きわどい場所に触れる男の手に、キスに酔っていた瀬那はハッと瞼《まぶた》を開ける。焦点の合わないほどの間近に、男のチョコレート色の瞳があった。

眼差しだけで、この先に触れる許可を求めてくる男に、瀬那は体の力を抜く。

膝から大腿《だいたい》までゆっくりと撫でられると、その先を期待して腰が自然と揺れた。

要の手が瀬那の膝を、トンッと軽く小突く。足を開けという合図に、瀬那は恥じらいながらも男の意に従った。しどけなく足を開けば、要が瞳を笑ませる。

男の指がレースの下着の際を撫で、淫《みだ》らな手つきで薄い布地の上から秘所の割れ目をなぞった。

胎《はら》の奥から湧き出た蜜で、ショーツが秘所に張り付いている。

「ひゃあ……んぅ……」

期待に膨らんだ花芽を布地の上から押し潰されて、ひくりと蜜口が震えると共に、滴《したた》るほどの蜜が溢《あふ》れた。男の手が下着の中に忍び込み、濡れた秘所の割れ目を、指の腹で割り開く。

くぷりと可愛らしい音を立てて、男の長い指が瀬那の秘所に沈められた。

「んぁ！」

ゆるゆるとした動きで、中をかき回される。物足りなさを覚える刺激に、瀬那の蜜襞はその先をねだるようにうねり、要の指を締め付けた。

「濡れてて、すごい締め付けてくる」

欲情に掠れた男の囁《ささや》きが耳朶《じだ》に落とされる。それが、自分の体の状態を知らしめて、瀬那の理性を掻き乱す。

「言わないで……馬鹿」

「いいな、それ」

「何？」

「瀬那に馬鹿って言われるの……今の言い方、すごい色っぽかった。もっと言って」

会話を交わす間も、男の指は止まらない。蜜襞を丹念に探り、甘い刺激を与えながら、容赦なく蜜を溢《あふ》れさせる粘膜を蹂躙《じゅうりん》する。

「……んぅ、ああ……ぅ！」

感じすぎて、体が無意識に逃げを打ち、シーツの上をずり上がろうとした。だが、男の大きな体に上から抑え込まれて、身動きが取れなくなる。

逃げようとしたことが許せないとばかりに、包皮から覗いた花芽を親指の腹で押し潰された。

「ひゃあ……ぅん！」

快感の源泉に与えられた鋭すぎる刺激に、痺《しび》れるような快感が体を駆け抜けていく。

瀬那は仰《の》け反《ぞ》って、腰を浮かせる。その動きを利用して、要が瀬那の下着を引きずり下ろした。

中の指が増やされ、腰がひっきりなしに揺れる。秘所から溢《あふ》れた蜜が大腿《だいたい》を伝わり、シーツや肌《はだ》襦袢《じゅばん》に淫《みだ》らな染みを作っていった。

まるで楽器でも奏でるように指を蠢《うごめ》かし、瀬那の弱い場所を執拗《しつよう》に擦り上げる。

快楽に支配された体は、要の思うままに淫蕩《いんとう》なダンスを踊る。

どこまでも大きくなっていく快楽の渦に呑み込まれ、意味もなくシーツの上で身を捩《よじ》り、甘い鳴き声を上げ続けた。

感じている証《あかし》でもある、粘ついた水音が止まらないのも恥ずかしい。身の内に収まらないほどの快感に、下肢の痙攣《けいれん》が止まらなくなる。

「……いや、もうぅ……おね……がぃ……」

自分が何を願っているのか自覚もないままに、瀬那は要に入れてと懇願する。

「ああ、可愛い。瀬那」

汗で湿った髪を要がかき上げ、こめかみにキスが落とされる。地肌に風が通り、瀬那はふっと息を吐いた。じゅぼと水音を立てて指が引き抜かれた。その刺激にすら、瀬那は感じた。

もっと寄こせというように、瀬那の蜜口がはくはくと不満そうに戦慄《わなな》く。

感じすぎてすっかり体は脱力し、靄《もや》がかかったような意識の中、引き出しを開けるような音とピリッと何かのパッケージを開ける音が聞こえた。

そのことに違和感を覚えるが、何がおかしいのか気づくよりも先に、要に足を抱え上げられた。

避妊具を付けた男のそれが、濡れそぼった蜜口に、ぬるぬると擦りつけられた。

「あ……ぅん！　あー！」

ずるりと硬く膨らんだ切っ先で、濡れそぼった蜜襞を割り開かれる。体を押し広げられる感覚に、瀬那は背を浮かせた。

奥までゆっくりと入り込んでくるそれに、堪《こら》え切れずに声が出た。上がった声は、恥ずかしくなるくらいに快楽に塗《まみ》れた女の声だった。

急激に愉悦《ゆえつ》が膨らんで、目の前で白い光が弾けた。一気に快楽の階《きざはし》を駆け上《のぼ》る。

胎《はら》の奥が激しくうねって、中にいる男をきつく締め付けた。

要が体を密着させ、腰を回して蜜襞をいやらしくかき回す。突き上げるほどの激しさはないものの、イッたばかりの瀬那の下半身にはそれは拷問《ごうもん》にも等しい刺激だった。

下半身の痙攣《けいれん》が止まらなくなり、目の前で白い光が何度も明滅を繰り返す。

「はっ……！　きっつ」

思わずと言った様子で、艶《なま》めかしい男の吐息が落とされた。少しくぐもって切なげに聞こえたそれに、瀬那は瞼《まぶた》を開く。間近で見上げた男の肌は、上気し、快楽に耐えてひそめられた眉はどこか苦しそうに見えた。至近距離で見つめる瞳は、あの日のように甘く苦いチョコレート色に輝いていた。煽情的《せんじょうてき》な男の表情に、瀬那の胸がぎゅっと苦しくなる。

――この瞳がもう一度、見たかった。

瀬那は重たい腕を上げて、男の額に落ちかかる前髪をかき上げる。気持ちよさそうに、要が目を細めた。まるで肉食動物が、愉悦《ゆえつ》に喉を鳴らしているようにも見える。

これから何をされるのか。期待と不安が混じり合った瞳で、男の顔を見上げる。その視線に、ふっと要が笑った。ひどく獰猛《どうもう》な笑みに、胸がどうしようもなく高鳴った。

視界が滲《にじ》み、自分の瞳が潤《うる》んだのを自覚する。とろりと粘度を持った眼差しで、男の視線を絡めとって、唇を合わせる。

柔らかく男の唇を食《は》み、幾度も角度を変えてキスを味わう。

「……あぁ……っ！」

それまで動きを止め、瀬那の蜜襞の痙攣《けいれん》を楽しんでいた要が動き出した。軽く前後に揺さぶられて、蜜襞を擂り上げられる直接的な快楽に、一気に体が熱くなる。

「んん……っ」

口づけの角度が深くなり、上から舌をねじ込むようなキスをされた。息苦しさに、背筋をぞくぞくしたものが滑り落ちていく。けれど、やめてほしいわけではない。むしろその先を期待している。

のし掛かる男の体の重みに、心は安堵を覚えているのに、体はひどく興奮している。

ずるりと音を立てて引き抜かれたものが、パンッと肉を打つ音が響くほどの激しさで戻ってくる。強く突き上げられて、瀬那はびくんと体を跳ねさせた。

「んっ、んんっ！　あ、あぁ!!」

熱く滾《たぎ》るもので最奥《さいおう》まで貫かれ、内臓を押し上げるように腰を使われる。狂おしく唇が合わされ、熱く濡れた舌を強く吸い上げられた。

激しく揺すぶられ、何度も胎《はら》の奥を突き上げられる。その刺激に、瀬那は体を引きつらせ、艶《なま》めかしく腰を揺らして応《こた》えた。

「腰……動いてるな……気持ちいい？」

「やぁ！　言わ……いで……！」

笑みを含んだ声で指摘され、瀬那は羞恥《しゅうち》に顔を赤く染めた。言われるまでもなく、自分でもわかっている。かつてない動きで、腰がうねっていた。それくらい感じているのだ。

要が跳ねる瀬那の腰を掴んで、突き上げてくる。蠕動《ぜんどう》する蜜襞を擦り上げられ、滾《たぎ》る男の熱を強く締め付けると、互いの快楽がより高みへと昇っていく。

「……っ……ぅ……んぅ」

声も出ないほどに追い詰められ、忙《せわ》しなく呼吸しすぎた唇が乾いている。無意識に舐《な》めて潤《うるお》そうとすれば、たちまちそれは男を誘う仕草に変わる。彼の動きがさらに激しいものへと変わった。

――熱い……気持ちいい……！

その二つの感覚に支配されて、脳が茹《ゆ》で上がりそうだ。苦しいけれど、やめてほしいとは全く思わない。

広い背中に縋《すが》るように腕を回し、その背に爪を立てる。男の動きに振り落とされまいと、華奢《きゃしゃ》な足をその腰に絡みつかせた。

ほんの少し体勢が変わっただけで、脳が蕩《とろ》けるような快感があった。骨すらもドロドロに溶けてなくなるように、互いの体の境界が曖昧《あいまい》になり、快楽を混ぜ合わせる行為に没頭する。

「瀬那……っ！」

情欲で掠れた声で名前を呼ばれた。余裕のないその声に、終わりが近いことを知る。

瀬那の下腹部の中で、男のものが大きく膨れ上がる。

「ふぁああ――！」

同時に抱き起こされて、痛いほどの力で抱きしめられた。薄い皮膜越しにびくびくと跳ねるそれが、瀬那の胎《はら》の奥を突き上げる。

視界が真っ白に染まった――凄《すさ》まじい快楽が全身を駆け抜け、瀬那は体を仰《の》け反《ぞ》らせながら、一際高い声を上げて絶頂を極めた。

熱い迸《ほとばし》りが、薄い皮膜越しに瀬那の中で弾ける。

一瞬、意識が遠のき、体力を根こそぎ奪われて瀬那は脱力する。

「瀬那……」

男の甘い呼び声だけが、耳に残った——

☆

ごとんごとんと、音を立てて動く洗濯機の前にしゃがみ込んだ瀬那は、ぼーっとその動きを眺めていた。洗濯機の中では瀬那の肌襦袢《はだじゅばん》と下着、そしてシーツが回っている。

事が終わって正気づけば、窓から差し込む日差しは、すっかり午後のものになっていた。

午前中の早い時間に退院してきたはずなのに、気づけば昼もとっくに過ぎている。

激しい運動の後に微睡《まどろ》んだ二人は、空腹で目が覚めた。

そして、瀬那は自分たちの惨状に気づいた。体の下に敷いていた肌襦袢《はだじゅばん》や下着、シーツは二人の様々な体液で濡れてぐしゃぐしゃになっている。とてもすぐに身に着けられる状態ではなく、瀬那は仕方なく要の寝室にあったTシャツを借りていた。ぶかぶかのそれは、気を抜くとすぐに肩が脱げてしまいそうになる。

交互にシャワーを浴びた後、瀬那はシーツや肌襦袢《はだじゅばん》の洗濯を始めた。

ランドリースペースには、明かり取りの窓が取り付けられており、ぽかぽかと暖かい日差しが射し込んできていた。そのぬくもりが心地よく、いまだに体が気怠《けだる》いこともあり、洗濯機を回した後、瀬那はすぐに立ち上がることができなかった。

日向《ひなた》に微睡《まどろ》む猫のように、自分の膝に頬を押し付けて、瀬那は瞼《まぶた》を閉じる。

——気持ちいいな。

夜は店に出ることにしたから、あまりのんびりもしていられないのに、体の隅々に残る行為の名《な》残《ごり》で、瀬那は動けなかった。

——洗濯が終わって乾燥機をかけて、そしたら着替えて、西園さんの夕飯の手配をして、それから店に戻って……

夢うつつのまま、瀬那はこの後の予定を脳裏で組み立てる。

「こんなところにいた」

ひょいっと体を持ち上げられて、瀬那は驚きに瞼《まぶた》を開く。すぐ間近に要の端整な顔があって、目を瞬《またた》かせた。

「え？　あれ？」

瀬那は要に子どものように、抱き上げられていた。咄嗟《とっさ》に要の首に手を回して抱きつけば、要は柔らかに笑う。

「こんなところで寝てたら風邪を引くよ？」

寝ていたつもりはなかったのだが、日差しの気持ちよさと洗濯機の振動に、いつの間にか転寝《うたたね》していたらしい。瀬那は要の肩に頭を預ける。

「まだ眠い？　ピザが届いてるよ」

要の囁《ささや》き声が、触れ合わせた肌を伝って響いてくる。その振動が気持ちよくて、瀬那はとろんと瞼《まぶた》を閉じた。

「瀬那？」

低く優しい声を、もっと聞いていたいと思う。けれどその時、瀬那の胃が空腹に悲鳴を上げた。

「……お腹空《す》きました」

恥ずかしさに顔が赤く染まる。要が声を立てずに笑った。

「みたいだな。ピザを食べよう」

要はそう言って、瀬那を抱えたままリビングに向かって歩き出した。成人女性一人を抱えているとは思えない足取りに、瀬那は感心する。

いつもは見上げている男と視線が同じことに、何だか不思議な気持ちになった。ふわふわした心地のまま、瀬那はすぐ間近にある要の顔を眺める。

「どうした？」

瀬那の眼差しに気づいた要が、顔を覗き込んでくる。

「いつもより視線が高いのが、不思議で……」

「この位置だとキスがしやすいな」

笑った要が、瀬那の唇に触れるだけのキスをしてくる。くすぐったい甘さに、瀬那は肩を竦《すく》めた。

「寝起きの瀬那は可愛いな」

ソファの上にそっと下ろされた。テーブルの上には、デリバリーのピザの箱とサイドメニューの小箱がいくつか置かれている。

食欲をそそるいい匂いがリビングに漂《ただよ》っていて、不意にぱちっと目が覚めた。自分でも現金だと思ったが、空腹には勝てない。急に姿勢のよくなった瀬那に、要が声を立てて笑い出す。

「これ、好きでしょ。瀬那」

渡されたのは濃縮還元百パーセントのオレンジジュース。瀬那はさっそくグラスに口をつける。口の中にオレンジの甘さを含んだ酸味が広がった。喉越しのいいそれを一気に半分ほど飲んで、自分がひどく喉が渇いていたことに気づく。

ほっと一息ついた瀬那は、違和感を覚えてまだ半分残っているグラスを目の前に掲《かか》げる。

――あれ？　私、いつオレンジジュースが好きだって言ったかな？

ふとした疑問が脳裏を過《よぎ》る。濃縮還元百パーセントのオレンジジュースが好きだと、今の要に伝えたことはない気がして、瀬那の眉間《みけん》に皺《しわ》が寄った。

「どうしたの？　オレンジジュースが酸っぱかった？　好きだと思ったんだけど……」

要がサイドメニューのポテトやナゲットの入った小箱を差し出しながら、瀬那の眉間《みけん》の皺《しわ》をさらりと親指で撫でた。

瀬那は要の顔をまじまじと見上げる。目が覚めてからの違和感が、いくつも思い出された。

肌襦袢《はだじゅばん》の悲惨な状態に慌てる瀬那に、差し出されたTシャツ。覚えていないはずの部屋なのに、どこに何があるのか把握している様子で、彼は迷いなくこのTシャツを渡してきた。

事故で壊れたスマートフォンの代わりに与えられた携帯を苦もなく使いこなし、デリバリーのピザを注文した。

瀬那の好きなシーフードピザと、濃縮還元百パーセントのオレンジジュース。

どれも些細《ささい》なことといえば、些細《ささい》なことだ。けれど、頭を擡《もた》げた違和感を拭えない。

瀬那の視線に気づいた要が『どうした？』というように見下ろしてくる。その顔は相変わらず表情豊かだ。

「……オレンジジュースは美味《おい》しいです」

「そう。じゃあ、他は？」

問われて、瀬那は自分が何に違和感を覚えているのか、はっきり言葉にすることを躊躇《ためら》った。

「まだ、ちょっと眠くて……」

誤魔化すように視線を伏せて、瀬那はオレンジジュースのグラスに再び口をつける。

「大丈夫？」

要がまだ少し湿っている瀬那の前髪を梳《す》く。それが気持ちよくて、瀬那はグラスをぎゅっと握る。

「でも、お腹は空《す》いている？」

こくりと頷くと、要は愛おしいものを見るような眼差しで微笑んだ。

「とりあえずピザを食べよう？　冷めたら勿体《もったい》ない。それでも眠かったら横になれば？」

「はい」

要が瀬那のためにピザを切り分けてくれる。その姿を瀬那はぼんやりと眺めた。

――また無意識に選んだのかな？

自分の定位置のソファを選んだように、要は無意識に、記憶を失う前に知っていたものを選んでいる。これもそういうことなのかもしれない。

そう納得して、瀬那はオレンジジュースの入ったグラスをテーブルに置き、サイドメニューの小箱を開けてナゲットを一つ摘《つま》んだ。

黙々とナゲットを食べていると、要が微笑ましそうな顔で瀬那を見ていることに気づく。

「……何ですか？」

「いや、本当にお腹が空《す》いていたんだと思って、はい」

切り分けたピザを皿に移して、渡してくれた。

瀬那はナゲットの入った小箱をテーブルに置き、要から皿を受け取る。

目が覚めてからの要は、甲斐甲斐しく瀬那の世話を焼いてくれていた。

昔の要からは想像もつかない姿に、やはり記憶は戻っていないのだと思う。けれど、ふとした瞬間に見せる仕草が、自分の知るかつての要のように思えて瀬那を戸惑わせる。

記憶がなくても、自宅で過ごすことで記憶が徐々に思い出されているのかもしれない。

――記憶が戻るならいいことじゃない……

そう思うのに、もう少し今の要と過ごしたいという欲が、瀬那の中に生まれていた。

医師の話によると、記憶を取り戻せば、たいていは記憶を失っていた間のことは覚えていないらしい。

つまり要が記憶を取り戻したら、今の要も、今日の出来事も、この甘い時間も、ただの儚《はかな》い夢となって消えてしまう。

だから、あと少しだけでいい——この夢のような時間に揺蕩《たゆた》っていたい。

そう願う瀬那は、気づいた違和感に、目をつぶった——

第4章　嘘つきたちの遊戯《ゆうぎ》

規則的な電子音が聞こえて、ゆっくりと意識が浮上していくのを感じた。

覚醒寸前のもどかしさを覚えながら、男はやけに重い瞼《まぶた》を開ける。

視界に入ったのは、清潔そうな白い天井《てんじょう》。意識が覚醒したせいで、すぐに病院特有の消毒薬の匂いを感じた。

――ここは？

そう思った時、鈍い頭痛が襲ってくる。男は痛みに思わず顔を顰《しか》めた。

――何だ？　頭が痛い？

徐々に意識がはっきりしてくると同時に、やけに重い体に疑問が脳裏を過《よぎ》る。意識と繋がらない体のもどかしさに、指先を動かすと顔の前に影が差した。

「要？　目が覚めたの？」

心配そうに自分の顔を覗き込んでくる女性に、男は戸惑いを覚える。見たことがあるような気がするのに、彼女が誰なのか思い出せない。女性の他にも数人、スーツ姿の男性たちが近寄ってくる。

誰も彼も見覚えがあるのに、誰なのかわからない。

男が目覚めたことで、周囲に安堵と喜びの空気が流れるが、男はいまだに自身の状況を把握できず、戸惑いを募《つの》らせていった。

「要……どこか痛いところはない？　今、先生を呼ぶわ」

一番初めに、男が目覚めたことに気づいた女性が、寝不足なのかひどく憔悴《しょうすい》した顔に、笑みらしきものを浮かべてそう言った。彼女の手が男の頭上にあった何かのボタンを押した。

黙って女性の顔を見上げていると、見る見るうちに彼女の瞳に涙が盛り上がる。

「目が覚めてよかったわ。事故に遭ったって聞いた時は、本当に心配したのよ？」

──事故？　だから、体が動かないのか？

その言葉で男はやっと自分の状況を把握する。

──ということは、ここは病院？　要というのが俺の名前か？

男──要は、自分の名前らしきものを心の中で呟くが、しっくりこない。まるで着心地のいい他人の服を着せられているような、妙な違和感を覚える。

要が何も言わずに、ただ困惑を深めていると、白い華奢《きゃしゃ》な手が男の前髪を梳《す》いた。その優しい感触に、要の意識が再びとろりと闇に沈みそうになる。その意識を何とか繋ぎとめて、先ほどから疑問に思っていたことを口にする。

「……すみません……どなたですか……？」

唇を動かすのも億劫《おっくう》だったが、やっとの思いで動かす。けれど、出てきたのはひどく掠れた声だった。

「要？」

女の瞳が驚愕《きょうがく》に見開かれる。

「何の冗談？　こんな時にふざけないで？」

冗談でも何でもなく、男は彼女のことがわからなかった。沈黙したまま彼女の顔を見上げていると、要が本気で自分のことがわからないと理解したのか、場の空気が凍った。次の瞬間、周囲が騒然となる。ベッドサイドで、二人のやり取りを見ていた男性たちが、次々に要の顔を覗き込んできた。

「要！　私は？　お父さんのことはわかるかい？」

「おい！　要！　私はどうだ？　お前のじいちゃんだぞ！」

年齢が違うよく似た顔の男性二人が、自分の顔を指さして、彼との関係を主張する。

確かに見覚えはある。けれど、やはり彼らのことがわからなかった。

「すみません……わかりません」

困惑を表情に浮かべると、周囲の喧騒《けんそう》がひどくなった。けれど、それに反して、要の意識は急速に眠りの底に引きずり込まれていく。

閉じた瞼《まぶた》の裏に、着物姿で俯《うつむ》く女性の横顔が浮かんで、消えた。

──君は誰……？

襟《えり》から覗く白い項《うなじ》が印象的だった。けれど、彼女が誰なのかも、要にはわからない。疑問と一緒に、意識は闇の底に落ちていった。

何度か覚醒と微睡《まどろ》みを繰り返し、目が覚めるたびに記憶の確認をされたが、何もわからなかった。わかることは、自分が一切の記憶を失っているらしいことだけ――

意識を取り戻したものの、ずっと頭の中は靄《もや》がかかったような状況が続いている。

事故に遭い入院したと教えられたものの、自分が何故事故に遭ったのかも、全くわからなかった。

幸いなことに怪我は打撲だけで、骨折はないらしい。けれど、問題になったのはやはり記憶障害だった。

鏡を見ると、自分の顔は確かに『父だ』『祖父だ』と主張する男性たちによく似ていた。だが、どうしても違和感を覚える。

――これが俺の顔?

鏡を見ても、しっくりこない。

突如発覚した記憶障害は、医師も巻き込んだ大騒ぎに発展した。事故で頭部を打った際に行った、CT検査ではわからなかった異常があるのかもしれないと、急遽、MRIの検査も行われることになった。

再度の検査の隙間時間に無理やりねじ込まれたMRI検査でも、特に異常は認められなかった。

外科と脳外科の医師が合同で行った診察でも異常は発見されず、要はそのまま心療内科のカウンセリングを受けることになった。

自分の名前から始まり、生年月日、住所などの基本的な質問、それから生い立ちなどを追いかけるような問診が行われた。

微《び》に入《い》り細《さい》を穿《うが》つ問診に、答えられることもあったが、わからないことの方が多かった。かと思えば、時事や生活に関する常識などは覚えている。要が忘れてしまったのは、自身のことや周りの人間に関する記憶だった。

延々と午前中いっぱいかけて行われた検査に、うんざりする。昼になり、ようやく検査から解放された時には、疲れ切っていた。

事故のせいで体中が痛く、車いすに座って移動するだけでも体がだるくて仕方ない。

頭の芯に鈍い痛みが居座っていて、視界に入るものすべてが灰色がかって見えた。

「お疲れになったでしょう？　大丈夫ですか？」

車いすを押してくれる看護師が、色々と声を掛けてくれるのに、適当に返事をする。

「ええ。さすがに疲れました。でも、美人な看護師さんが優しく気遣ってくださるから、疲れも吹き飛びますよ」

「もう！　西園さんたら！　口がうまいんだから！」

看護師がまんざらでもなさそうに、華やかな笑い声を上げる。頭の芯に響くようなその声に、要は顔を顰《しか》めたくなった。

けれど、それに反して顔は微笑みを浮かべている。

自分はもしかして二重人格なのかもしれないと思った。感情と口から出る言葉が乖離《かいり》している。

「そんなことはないですよ。こんな美人な看護師さんにお世話してもらえるなんて、私は本当に運がいい」

要のお愛想に、看護師がくすくすと笑い続けている。やっと部屋に辿《たど》り着き、これでようやく休めると部屋の中に視線を向けた。

ソファに女性が座っているのが視界に入る。何もかもが灰色に見える視界の中で、彼女だけが鮮やかな色彩を纏《まと》って見えた。

立ち上がった彼女は、胡乱《うろん》な眼差しでこちらを見ている。その眼差しに既視感を覚えた。

――ああ、彼女だ。

そう思った。自分が会いたくてたまらなかったのは、彼女なのだと思った。

「あ、ほら！　西園さん！　奥さんが来てますよ！」

看護師の言葉に、彼女がぎょっとした顔をする。

「……奥さん？」

――違う。彼女は奥さんじゃない。でも、彼女だ。俺にとっては……

何もわからないのに、彼女が特別な存在だと本能が訴えてくる。自然と口角が上がり、視線が吸い寄せられるように彼女だけを見つめる。

名前を呼びたいと思った。彼女の名前を思い出したい――そう思った瞬間に、脳裏に『瀬那』と名前が浮かんだ――

「瀬那……？」

名前を呼んだ途端、奔流《ほんりゅう》のように様々な表情を浮かべる彼女の顔が、一気に脳裏を駆け抜けていく。同時に胸に痛むほどの恋しさを覚えた。

——ああ、自分は彼女が好きなのだ。

そう実感する。他の何を忘れても、彼女のことだけは何一つ忘れていないのだと知る。見た目の可愛らしい雰囲気に反して、ひどく負けず嫌い。泣きたい時に泣けない不器用な女。情が深くて、意地っ張り。

知らないはずの彼女の情報が、次々と浮かんでくる。

いっそ笑えてくるほどに、自分のことは何一つ思い出せないのに、瀬那に関する記憶だけは鮮明に思い出せた。

その日から毎日、瀬那は自分に会いに来てくれた。飲食店を経営している瀬那は、あまり長い時間は、滞在してくれなかったが、彼女のいる時間は、要にとっては癒《いや》しだった。

目が覚めて、すでに一週間ほど経っていたが、瀬那のこと以外、要の記憶が戻る気配は一向にない。終わりの見えない診察と検査の連続に、要は音《ね》を上げそうになっていた。

「先生、社長の記憶はもう戻らないんですかね？」

牧瀬からの質問に、午前中に撮ったＭＲＩ検査の画像を眺めていた医師が、悩ましそうな表情で唸《うな》る。

「一過性の記憶障害なら、そろそろ記憶が戻ってもおかしくないんですけどね……」

打つ手なしとあけすけに語る医師に、要は苦笑し、牧瀬は悲愴な顔になる。

「ここにいても何も変わらないのであれば、そろそろ退院したいんですが……」

思い切ってそう言えば、医師は束の間考え込むような表情を浮かべた。

「うーん。それもありかもしれませんね。ここにいてもこれ以上の治療はできないので、いっそ環境を変えてみますか。ご自宅に戻られれば、記憶が刺激されるかもしれませんしね」

「そういうこともあるんですか？」

医師の言葉に希望を見出したように、牧瀬が身を乗り出す。

「慣れた環境に身を置くことが、記憶を取り戻すきっかけになるかもしれません。これぱっかりは実行してみないとわかりませんが。体の方はもう問題ないので、通院に切り替えますか？」

「そうします。病院にいるのは退屈なので……」

要の言葉が決め手となった。その後は医師と牧瀬が退院に際しての話を詰め、二日後に退院することが決まった。病室に戻り、牧瀬が慌ただしくあちこちに連絡を入れ始める。

それを横目に見ながら、要は瀬那が来るのを待っていた。今日は店が定休日で、昼ご飯に弁当を持ってきてくれることになっている。それが楽しみで仕方ない。自分でも呑気《のんき》なものだと思うが、実際に要は何一つ困ってはいなかった。

記憶が戻らなければ、それはそれで仕方ないと割り切ったせいか、騒ぐ周囲とは裏腹に落ち着いていた。将来に対する不安が全くないわけではなかったが、自分でも呆れるほど記憶に関して開き直っていた。

もちろん、初めは不安もあった。自分がどこの誰かもわからないし、何故事故に遭ったのかもわからないのだ。気分としては、目が覚めたら違う世界に迷い込んでいた小説の主人公のようだった。見たことがある気がするのに、誰かわからない人々が、要の記憶が戻っていないか毎日毎日確認に来る。

忙しい時間をやりくりして会いに来てくれる家族の存在は、ありがたい反面、要に逃げ場所のない閉塞感を与えていた。

自分の顔を覗き込む面々が、今日こそはと期待と不安に瞳を揺らすたび、記憶を取り戻せない自分の状況に息苦しさを感じていった。

そんな中、瀬那だけは態度が変わらなかった。要の記憶喪失に思うところはあっても、それを表に出すことはなかった。

彼女がいたおかげで、要は落ち着くことができた。そのうち周囲も、徐々に焦っても仕方ないといった雰囲気に落ち着いた。

要にとって、瀬那はなくてはならない精神安定剤のような存在だった。


だからこそ、過去の自分に灼《や》けつくような嫉妬と焦燥《しょうそう》を覚えた——


退院直後、自宅だというタワーマンションの部屋で、瀬那が要について知っていることを一つ一つ指折り数えて、教えてくれた。

瀬那の語る男が過去の自分だとわかってはいても、まるで愛おしい者を語るような彼女の瞳に映っているのは自分ではなく、別人のことのように思えた。

それは瀬那の視点から見た要だからかもしれないし、戻らない記憶のせいかもしれない。

どちらにしろ、要は過去の自分に灼《や》けつくような嫉妬を覚えた。

——俺はここにいる。

過去を見つめる瀬那の瞳を自分に向けたくなった。過去の自分ではなく、今の自分を見てほしいと強烈に思う。

その感情のまま、要はソファから立ち上がり、瀬那の頬にそっと触れた。瀬那の表情の変化を見逃さないように、静かに指を滑らせる。くすぐったいのか、瀬那は肩を竦《すく》めた。

「ねえ、瀬那……」

「何ですか?」

「自分が今、どんな顔をしてるかわかってる?」

瀬那は真っ直ぐ自分を見つめてくる。

言葉にせずとも瀬那の表情に浮かんでいるのは、自分であって、自分ではない西園要に『会いたい』という切実な想いだった。その表情に、要の心が痛みを覚える。

何故、自分は彼女が会いたいと思う西園要じゃないのだろう。そのことをたまらなく悔しく思う。

「会いたくてたまらないって顔をしているよ。記憶を失う前の俺に会いたいんでしょう?」

情けない嫉妬まみれの自分の言葉に、瀬那は目を瞬《またた》かせる。そして、頬に触れる要の手に自分の手を重ねて、頬を押し付けてきた。

ぬくもりを確かめるように手のひらに頬を擦りつけて、瀬那は柔らかな笑みを浮かべた。

「あなたは今、ここにいる。それだけで十分です」

「本当に？」

瀬那の真意を探るように、要は彼女の顔を覗き込んだ。彼女の瞳は穏やかに凪《な》いでいる。

「記憶があってもなくても、あなたはあなたです。何も変わりありません」

迷いのない瞳でそう言い切る瀬那に、要の胸の中に温かなものが満ちていく。

それでも残る疑心が、彼女の瞳の中に嘘や偽りがないかと探してしまう。

「瀬那は嘘つきだね」

試すような言葉に、重ねた手の平に力が籠《こも》る。

「嘘は何もついてませんよ？」

「だったら、俺が今ここでキスをしたら、瀬那は受け入れてくれる？」

そう問えば、悪戯《いたずら》を思いついた子どものように瞳を輝かせた瀬那の腕が、要の首に巻き付き引き寄せられる。

触れ合う唇に驚き、要の目が見開かれる。それに満足した様子の瀬那が、瞼《まぶた》を閉じた——

まるであつらえたようにぴったりと、要の肩のくぼみに瀬那の頭が納まっている。

行為の後、疲れて眠る瀬那の髪を、要は飽かず指に絡めて弄《もてあそ》ぶ。

柔らかな髪は行為の激しさを表すように、シーツに擦れてもつれていた。

「……んん」

もつれた髪を解いてやっていると、瀬那がむずかる子どものような声を上げた。少し強く髪を引っ張りすぎたのかもしれない。

起こしてしまったかと、その顔を覗き込めば、瀬那は一瞬だけ眉をひそめて、またすやすやと寝息を立て始めた。

昼の光が射し込む真っ白いシーツの上で眠る瀬那は、とても尊《とうと》いもののように映った。

何時間でも眺めていたいと思える光景に、要は目を細める。

瀬那を起こさないように、そっと腕を外して身を起こす。寝顔がよく見える位置に移動すると、彼女は子猫のように体を丸めた。

無防備な瀬那の寝顔に、要はふわりと柔らかな笑みを浮かべる。

白い頬に影を落とす長い睫《まつげ》、泣いたせいで少し赤く腫《は》れぼったくなっている瞼《まぶた》、健《すこ》やかな寝息を立てる唇。すべてが愛おしく思えた。

――市原のこういう寝顔を見るのは、初めてかもしれないな。

自然とそう思った、次の瞬間――後頭部に鋭い痛みが走った。

「……っう」

痛みに呻《うめ》くと共に、頑丈に鍵がかかっていた記憶の箱が、不意に音を立てて開いたのを感じた。

どっと流れ込んでくる『西園要』としての記憶に、眩暈《めまい》を覚えた。

要はその奔流《ほんりゅう》に耐えるように、瞼《まぶた》を強く閉じる。

欠けていた記憶が、ものすごいスピードで埋まっていく。今の要と以前の『西園要』が急速に混じり合っていくのがわかる。何とも言葉で説明できない感覚に陥《おちい》った。

頭痛に耐えかねて、要は枕《まくら》に顔を埋《うず》める。その振動で瀬那が瞼《まぶた》を開けた。

至近距離で二人は見つめ合う。まだ眠気の強そうな瀬那が、要の顔を見てふわりと表情を綻《ほころ》ばせた。

無防備なその笑みに、胸の奥が締め付けられる。

——市原……

しばらく無言で要の顔を見ていた瀬那の眉間《みけん》に、皺《しわ》が寄る。

「どこか痛いの？」

まだ、寝ぼけているのだろう。いつもより幼い口調で問いかけてくる。実のところ、瀬那はあまり寝起きがよくない。

本人は隠しているつもりかもしれないが、一緒に海外に行った時など、いつものてきぱきと動く彼女と違って、朝はぼーっとしていることが多かったと思い出す。

普段は見せない彼女の緩んだ姿に、それだけ要に気を許しているのだと思えて、悪い気がしなかったことまで思い出す。

「大丈夫だよ。幸せだなって思って……」

今の自分の状態をうまく伝えられずに、鈍く続く頭痛を堪《こら》えながら要は微笑む。

「そう……よかった……」

ホッとしたように瀬那がゆるゆると息を吐いた。

その前髪を優しく指で梳《す》くと、瀬那の表情がとろりと緩んだ。

「まだ寝てても大丈夫だよ」

「うん」

頷いた瀬那が、要の肩に頭を擦り寄せてきた。肩先にかかる瀬那の吐息が、すぐに健《すこ》やかな寝息へと変わる。くすぐったいようなその感触に、幸福感が胸を満たした。

急速に溶け合っていく記憶に、脳がオーバーヒート気味になっているのがわかる。

いつしか痛みは後頭部だけではなく、頭全体に広がっていた。

意識が暗い闇の底に引きずり込まれていく感覚に恐怖を覚えて、縋《すが》るように瀬那の華奢《きゃしゃ》な体を抱きしめた。

腕の中のぬくもりが、朦朧《もうろう》とする要に安堵を与えた——

次に目覚めた時、要は完全に記憶を取り戻していた。

ところどころ他人のような記憶と感覚が残っていることに、何とも言えない変な感じがした。

不思議と記憶喪失期間中の記憶や感情も、はっきり残っている。そのせいか、瀬那と話す際、記憶を失っていた間の感情に引きずられた。出てくるのは以前の自分ではなく、天真爛漫《てんしんらんまん》さを持った男の方だった。

瀬那に、記憶が戻ったと伝えるべきだと理性は告げている。けれどふと、もう少しこのままでもいいのではないかと思ってしまった。

ランドリースペースで微睡《まどろ》む瀬那の姿に、欲が顔を出す。もし記憶が戻ったと伝えたら、この穏やかで優しい時間は終わってしまう。

瀬那と会える時間も急速に少なくなる。

――もう少しだけ……


嘘つきな男は、この愛おしい時間を、まだ手放せなかった――

☆

肌襦袢《はだじゅばん》や下着の洗濯と乾燥が終わり、瀬那は要の部屋の大きな姿見を借りて、着物の着付けを始めた。その様子を背後から要がじっと眺めている。

鏡の隅にずっと要が映っていて、瀬那は何だか落ち着かない気持ちになる。要は椅子を前後逆に跨《また》ぐようにして座り、椅子の背に顎《あご》を載せてリラックスした様子だ。

「そんな風に見られていたら、緊張するんですけど……」

着付けの手を止めないまま、瀬那はちらりと要の方に視線を向ける。

「そう？　女の人の着付けって、普段見ることないから面白い。俺のことは気にしなくていいよ」

――そう言われても気になります。

瀬那は内心でため息をついて、帯を拾い上げる。体に帯を巻き付けていると、要が笑った。

鏡越しに『何か？』と視線だけで問えば、「いや、さっきの話を思い出した」と言う。

「さっきの話」

「悪代官に手籠《てご》めにされる町娘の話。そういう風に巻き付けるなら、実践できそうだなって思ったんだけど……」

「これは名古屋帯で、後ろにお太鼓《たいこ》を作るから無理ですよ。半幅帯ならできるかもしれないけど」

「半幅帯って何？　その帯と違うの？」

「浴衣にも使う帯で、真っ直ぐな一本の長い帯のことです。飾り結びとかカジュアルに使える帯なんですけど、四メートル以上あるので、結び目を解いて引っ張ったら、できるかも？」

真面目に答えてしまってから、何を説明しているのだと我に返る。

「ふーん」

瀬那の説明を聞いていた要の目が、にんまりと細められた。

「やりませんよ」

「俺、まだ何も言ってないよ？」

「そうですか。だったら、そのままずーっと黙っていてくださいね」

鏡越しに要を睨《にら》みつければ、彼は声を立てて笑い出す。帯枕《まくら》を拾い、お太鼓《たいこ》の柄が綺麗に出る位置に合わせて背に当て、ガーゼを結ぶ。

帯上げを帯枕《まくら》にかけてお太鼓《たいこ》の形を整え、帯締めを結ぶ。着付けを始めて十五分ほどで完成した。

「瀬那が手馴れているのもあるんだろうけど、着付けって案外時間がかからないんだな」

「振袖《ふりそで》とかだと、帯を飾り結びにしたりするから時間がかかりますけど、これはただの普段着ですから」

瀬那は鏡で着物の最後の調整をする。満足のいくできに、うんと小さく頷いた。

要が椅子から立ち上がり、背後からふわりと抱きしめられる。

「瀬那はやっぱり着物が似合うね」

鏡に視線を向け、瀬那の全体像を確認した要が笑う。

「この下に、あのタオルがあるのが信じられないよ」

耳朶《じだ》を食《は》んで囁《ささや》きが落とされた。くすぐったさに瀬那は肩を竦《すく》める。

「馬鹿……」

咎《とが》める瀬那の唇に、要が触れるだけのキスをする。そのまま深くなりそうなキスを、瀬那は自分から解く。要が不満そうな顔をした。

「これ以上は、今は無理です。もう戻らないと、夜の営業に間に合わない」

「残念。ねえ、見学だけでもいいから、俺もついて行っちゃダメ？　ついでに、瀬那のお店のご飯が食べたい」

甘く耳元でねだる男の言葉に、瀬那は束の間、思案する。

――夕飯の手配をしなくていいから、その方が安心かも？　牧瀬さんには、後で連絡すればいいかな。

「そうですね。では、今日の夕飯はうちで食べてください。もう本当に戻らないといけないので、出かける用意をしてください」

「やった！　ありがとう！　瀬那！」

はしゃいだ声を上げた男が抱きしめる腕に力を込めた後、用意をするために離れていった。

その姿を鏡越しに見送って、瀬那は乱れた髪を結い直し、最後に簪《かんざし》を挿す。

たいして待つことなく用意を終えた要を連れて、瀬那は自宅に戻った。

「ここで待っていてください」

二階の自宅に招き入れて、瀬那は要に待つようにお願いする。

店舗には牧瀬が手配してくれた増谷《ますや》がまだ残っているはずだ。事故で療養中の社長が、ぴんぴんした状態で現れたら、面倒なことになる。しかも、今の要には記憶がない。

要に瀬那がいいと言うまで、絶対に店には来ないようよくよく言い聞かせて、瀬那は店に下りた。

「ただいま、周ちゃん。ごめんね、遅くなった」

休憩時間に夜の仕込みをしていた周大に声を掛けると、彼は顔を上げて頷くだけの返事をした。

客席に向かうと、手伝いに来てくれていた増谷が、店の掃除をしてくれていた。

「増谷さん。遅くなりました」

瀬那が声を掛けると、彼女は掃除の手を止めてこちらを振り返った。

「おかえりなさい。市原さん」

「今日はありがとうございました」

瀬那は増谷に丁寧に頭を下げて礼を言う。

「いえいえ、こちらも久しぶりに現場に出られて、楽しかったわ」

朗《ほが》らかな顔で笑う彼女に、瀬那は再度丁寧に礼を伝えた。

「私も久しぶりに増谷さんに、ご指導いただけて色々と勉強になりました。本当にありがとうございました」

「そう言ってもらえたら、私も来た甲斐があったわ」

接客が何よりも大好きな彼女らしい言葉に、瀬那も微笑む。なごみで増谷が働いた分の日当は、西園家から特別手当の形で出ると聞いていたが、それとは別に瀬那は今日までの礼として、周大の実家に頼んでいた和菓子の詰め合わせを手渡す。

甘いものが好きな彼女は笑顔で礼を言うと、店を去っていった。瀬那は敷地の入り口まで彼女を見送り、店に取って返した。

「周ちゃん」

厨房で下拵《したごしら》えの続きをしていた周大に声を掛ける。

「何だ？」

振り返った周大に、瀬那は要を連れて帰ってきていることを伝えた。一瞬だけ、周大の顔が顰《しか》められるが、短く「わかった」と頷いた。

これから挨拶《あいさつ》のために連れてくると伝えて、瀬那は二階に上がった。

要を連れてもう一度、厨房に顔を出す。

周大は下拵《したごしら》えの手を止めて、要に向き合った。要は厨房にいる周大をじっと無言で見つめた。

その視線の強さに、周大が居心地悪そうに、顔を顰《しか》める。

記憶を失う前の二人の相性の悪さを思い出して、瀬那は緊張ではらはらした。

けれど、すぐに要はにこりと笑うと、周大に対して丁寧に頭を下げた。

「明日からお世話になる西園です。瀬那さんから話を聞いているかもしれませんが、事故の後遺症で記憶がありません。記憶がないことで、ご迷惑をおかけするかもしれませんが、どうぞよろしくお願いいいたします」

要の礼儀正しい挨拶《あいさつ》に、周大が目を丸くしたが、すぐにいつもの無表情に戻り、こちらも姿勢を正した。

「ここの厨房を任されている高田周大です。西園さんの事情は瀬那から聞いています。事故後ですので、あまり無理をしないで、今日はうちの店の料理を楽しんでいってください」

「ありがとうございます」

いつもとは違う要に、周大は座りが悪そうに肩を竦《すく》めたが、すぐに「夜の仕込みがあるんで……」と、作業に戻った。

想像以上に穏やかな二人のやり取りに、瀬那はホッと安堵の息を吐く。

瀬那は要を伴って店を案内しながら、店内の作りや客層の説明などをする。要は真面目な顔で話を聞いていた。

――この人にこんな風に、店のことを説明する日が来るなんてね。

要は最後まで瀬那がこの店を継ぐことに納得していなかった。店を継いだ後も、顔を出すのはもっぱら営業時間外だった。

祖母が生きていた頃は、店に顔を出すとよく二人で将棋を指していたことを思い出す。当時は、瀬那の顔を見に来ているというより、息抜きがてら祖母と話をしに来ていると思っていた。

――そういえば、おばあちゃんが亡くなってからだ。この人がここに珈琲《コーヒー》を勝手に置いていくようになったのは。

不意に気づいた。そして同時に、初めて肌を重ねたあの日から、要がこの店を訪れる回数が増えたことにも気づく。祖母が生きていた頃は、月に一度くらいのペースだったものが、何故か、気づけば月に数度は店に顔を出すようになっていた。

――何故かじゃない。この人は私に会いに来てくれていた。

本当は知っていた。あの日、瀬那が縋《すが》ったから――祖母を失った瀬那を心配し、会いに来てくれていたのだろう。

――本当に優しさのわかりづらい人だ。

心の中でひっそりと呟く。

「瀬那？　どうしたの？　疲れた？」

説明の途中で、言葉を途切れさせた瀬那の顔を、要が心配そうに覗き込んでくる。

「何でもありません。大丈夫です」

瀬那は笑って首を振り、説明を続けた。

夜の営業が始まり、ぽつりぽつりとお客さんが増えてくる。

要はカウンター席に座り、食事を楽しんでいるようだった。それを横目に確認しながら、瀬那は接客を続けた。

そうして要は、閉店時間前に食事を終えて家に帰っていった。一人で大丈夫かと心配する瀬那に、要は「心配性」と笑って、タクシーに乗り込んだ。

タクシーが大通りに出るまで見送って、瀬那は小さくため息を吐いた。

一人で帰した要への心配もあるが、今日一日、彼と過ごした時間が濃密だったせいか、あっさりとした別れに寂しさを覚えてしまった。

こんな風に、あの男の傍を離れることに寂しさを覚える自分が、少し不思議だ。

——恋に浮かれてるのかな？

そう思いながら、瀬那は月を見上げた。まるで船のような下弦《かげん》の月が顔を出している。白く輝く月の姿に、もうすぐ夏が来るのだと実感する。瀬那は空から視線を戻して、胸の前で拳《こぶし》を握る。

「よし！」

気を引き締め直して、仕事を再開するために店内に戻った。

何の問題もなく閉店時間を迎えた。周大を手伝って厨房の後片付けを済ませ、戸締りをする。

帰宅する周大に初美の荷物を頼んだりと、やっと一息つけたのは、日付が変わろうかという時間だった。

誰もいない店内で、瀬那は一人カウンターに座り、愛用の切子《きりこ》グラスに杏酒《あんず》を注《つ》ぐ。

濃くて甘い酒は、疲れた体に染み渡るようだった。

ゆっくりと味わって酒を飲む。熱っぽい吐息が、唇から零れ落ちた。

仕事終わりのこの一杯が、瀬那のささやかなご褒美《ほうび》だった。

色々とあった今日を振り返って、グラスを揺らす。こっくりとした温かみのあるオレンジ色の酒が、グラスの中で波紋を描くのをぼんやりと見つめた。

——あの人は今頃何をしているだろうか？　大丈夫かな？　会いたいな……

先ほど別れたばかりの男の顔を思い浮かべて、瀬那は瞼《まぶた》を閉じる。くらり、くらりと世界が回る。

——うーん？　今日は疲れてるからお酒の回りが早いなー。

以前にもあった状況に、瀬那はくすりと小さく笑いを漏らす。

——こうして、一人でお酒を飲んでいたら、あの人がやってきたのよね……

思い出すのは、祖母の葬儀の後に、要が訪れた夜のこと——

瞼《まぶた》を開いた瀬那が店の入り口に視線を向けると、店の入り口が音を立てた。誰かが外から引き戸を開けようとしているのか、がたがたと音が聞こえてくる。

「え……？」

驚いた瀬那は、ハッと目を覚ます。

——誰？　こんな時間に？　まさか、泥棒？

恐怖に瀬那はカウンターに置いていた自分のスマートフォンに手を伸ばす。

「瀬那？　そこにいないの？」

外から聞こえてきた声に、瀬那はほっと息を吐いて立ち上がる。

「西園さん？」

鍵を開ける前に、念のために確認すれば、「うん。俺」と返ってくる。それは紛れもなく要の声で、瀬那は店の入り口を開けた。

そこには、荷物を持った要が立っていた。

「どうしたんです？　何かあったんですか？」

「一人の夜はやっぱり不安で、瀬那に会いたくなった」

ほんの少し照れ臭そうに笑う男に、瀬那はふっと肩の力を抜く。

「そうですか。どうぞ」

それ以上、追及することなく、瀬那は要を店の中に招き入れる。会いたいと思っていた人が、同じ想いで会いに来てくれた。それ以上に嬉しいことはないと、瀬那は思った。先に要を店の中に通して、鍵を掛け直す。

要はカウンター席の前で立ち止まり、瀬那が使っていた切子《きりこ》グラスを黙って見下ろしていた。

「酒を飲んでいたのか？」

「仕事終わりの小さな楽しみですよ」

そう答えながら、瀬那は要の様子を見ていた。

カウンターの上に視線を滑らせ、まるで、そこにもう一つのグラスを探すような彼の動きに、昼間覚えた違和感が呼び覚まされる。

口調が変わった。表情が違う。記憶を失う前の男の姿が、見え隠れする。

――無邪気だったあの人は、きっともういない……

何故か瀬那は、それを確信した。

「あなたも飲みますか？」

寂しさを呑み込んで問うと、要は静かに首を横に振る。

「甘い酒はあまり得意じゃない」

「知ってます」

瀬那はくすくすと笑い声を上げる。悲しさを笑い声に紛らわせて、散らす。

「酔ってるな」

「少しだけ……」

まるであの日の会話をなぞるようなやり取りに、余計に瀬那の胸を切なさが満たす。

けれど、それを口にするつもりはない。瀬那は目の前の男に、腕を伸ばした。

瀬那の意図を察した男が、すぐに抱きしめてくれる。鼻先に馴染んだ男の香りを感じる。

泣きたいような安堵を覚えて、瀬那は男の胸にしがみついた。

――記憶があっても、なくても、この人が好きな気持ちは何も変わらない。

でも、今だけは、もう会うことのない天真爛漫《てんしんらんまん》な男のことを想っても、許されるはずだ。

要の腕の中で、瀬那は小さく笑い声を漏らす。

意地っ張りな自分たちは、素直に恋をすることもできない。

どうしようもない嘘つきだ――

カーテンの隙間から朝日が射し込んでくる。爽《さわ》やかな朝の気配に、瀬那は目覚ましが鳴る前に、目覚めた。

目を開けてすぐに、要の端麗な寝顔があった。要は瀬那の横で寝息を立てている。

――綺麗な顔。

瀬那はその無防備な寝顔を、飽きることなく眺めていた。昨日の夜、再び店にやってきた要を、瀬那は自宅に泊めた。用意周到な男が、ちゃっかり数日分の宿泊の用意をしてきたと知って呆れたが、瀬那は受け入れた。

男の額に掛かる前髪が気になって、そっと払う。それが刺激になったのか、要が閉じていた瞼《まぶた》を開いた。

視線が合わさって、瀬那は要に微笑みかける。要は不思議そうな顔で、瀬那の顔を見つめてくる。

「おはようございます」

いまだ夢の中を漂《ただよ》っているような男を驚かせないように、静かに声を掛ける。

要は一瞬、目を瞠《みは》り、それからゆるゆると微笑みを浮かべた。

「瀬那……おはよう」

自分の名を呼ぶ男に、瀬那は目を細める。

――ああ、まだこの時間は終わらない。

彼がこの遊戯《ゆうぎ》をまだ続けるつもりなのだと知って、安堵する。

瀬那は瞼《まぶた》を閉じて、夢を見ているふりを続けるだけだ。

「まだ眠いのか？」

瀬那の顔を覗き込んだ要は、くすりと笑いながら指を伸ばしてくる。瀬那の前髪を払い、そのまま触れてくる大きな手が、瀬那の頬を撫でた。

そのぬくもりが気持ちいい。

「また寝るのか？」

穏やかな男の声音に、瞼《まぶた》を閉じたまま「起きますよ」と答えるが、すぐに動き出せなかった。

大きくて温かい男の手のひらの感触が気持ちよくて、あと少し、この優しい感触を味わっていたいと思ってしまう。

けれど、幸せな時間はすぐに破られる。派手な音を立てて、目覚まし時計が鳴り出した。

瀬那は渋々目を開けて、目覚ましを止めるために手を伸ばす。

「相変わらずすごい音だな」

起き上がって、ベッドの上で伸びをした男が笑いながら呟いた。それはあまりに小さな呟きだった。多分、無意識の呟きだったのだろう。けれど、瀬那の耳はその呟きをしっかりと聞き取った。

――それはいつ聞いた音ですか？

思わずそう問いたくなる衝動を、瀬那はぐっと堪《こら》えた。何も聞かなかったふりで、瀬那も起き上がる。

冷蔵庫の中にあるもので簡単な朝食を作り、二人で食べる。この家で、祖母やたまに来る姉以外の誰かと朝食を食べるのは新鮮だった。

朝の番組のお天気コーナーが始まった。可愛らしいお天気のお姉さんの解説で、今日は気温が真夏並みの熱さになることを知る。

——今日の着物はどうしようかな？

夏用の薄物の着物を着ていても、真夏に着物は正直暑い。特に瀬那は補正のためにタオルを巻いたりするから余計だ。真夏には浴衣を着物風に着付けたりするが、今の時期だとまだ早い気がする。

今日は単衣《ひとえ》の着物の下に、「うそつき襦袢《じゅばん》」と呼ばれる、肌襦袢《はだじゅばん》に襟《えり》と袖《そで》を付けて長襦袢《ながじゅばん》を省略する形にしようと決める。

——今日の夜は、冷たい飲み物が多く出るかも。酒屋さんに電話して、ビールをいつもより多めに入れてもらおうかな？

あれこれ考えているうちにお天気コーナーが終わった。瀬那はテレビから視線を正面に戻すと、こちらをじっと見つめる要と目が合った。

「何ですか？　顔に何かついてます？」

あまりにもじっと見つめてくるので、思わず自分の頬に触れる。

その仕草に、要が穏やかな笑い声を上げた。

「いや、何もついてないよ。お天気コーナーを見ながら、瀬那があれこれ考えているのがわかって、面白かった」

「それは面白いんですか？」

瀬那が眉を寄せると、要はニヤッと笑った。

「面白かったよ。今日の最高気温を聞いて、百面相する瀬那の顔は可愛かった」

臆面《おくめん》もなくそんなことを言う男に、瀬那は絶句する。

――本当にこの人は！

言いたいことはたくさんある。けれど、そのどれも言葉にならずに、瀬那は体を震わせた。

「今日はビールが多めに出そうだな」

テレビの方に視線を向けた要は、先ほど瀬那が考えたことと全く同じことを口にする。

「そうですね。今日は真夏日になるみたいだから」

「昼の営業も、冷たいものがよく出るんじゃないか？」

要の言葉に、瀬那は瞼《まぶた》を伏せながら頷く。

「そうですね。周ちゃんと相談して、今日は冷たいメニューを多めに出そうかな？」

飲食店を経営していたら、その日の天気や気温で、出すメニューを変更するのは当たり前だ。

――気づいてるのかな？　昨日までは、あなたとこんな会話はしなかった。

明らかに昨日までとは違う表情の要に、瀬那の確信が強くなる。

それはかつて、瀬那が誰よりも傍で見続けてきた男の表情だった。その表情を眺めながら、瀬那は思う。

――この遊戯《ゆうぎ》を彼はあとどれくらい続けるつもりだろう？　きっとあまり時間は残されてはいないだろう。

瀬那は夢の終わりを意識せずにはいられない。このまま何も気づかないふりで、彼と一緒に過ごしたいと思うのは、瀬那のわがままだとわかっている。

朝食を終え、瀬那は今日着る着物を選ぶ。エメラルドグリーンの生地《きじ》に白で更紗文様《さらさもんよう》が描かれた単衣《ひとえ》と、帯は白い地に墨書きで芍薬《しゃくやく》が描かれた塩瀬《しおせ》のものにする。

帯上げや帯締めで黄緑色を合わせて、見た目を涼やかにした。

そこまで選んで、瀬那は後ろを振り返る。

「何でいるんですか？」

和室の入り口の柱に背を預けるようにして、要が立っていた。

「俺のことは気にしなくていいよ？」

「気にします。着替えるので、あっち行っててください」

「今更？　昨日は見せてくれたのに？」

「昨日は、昨日です。今日は、居間で待っててください！」

瀬那は居間を指さすが、要は去るどころか、和室の中に入ってきた。

「昨日言っていた半幅帯ってどれだ？」

帯をしまってある和箪笥《わだんす》を覗き込んでくる。傍若無人《ぼうじゃくぶじん》な男の態度に、瀬那は呆れたため息をついて、手近にあった半幅帯を手渡した。

「面白い柄だな、これ」

手にした半幅帯の柄を、要がまじまじと見る。それは化繊《かせん》の帯で、白地にかき氷と蚊やり豚がプリントされていた。

これからの時期によく締める帯で、先日そろそろ出番かと、手前に出していたものだった。

「今日は、気温がかなり上がるみたいだから、これにしたら？　その緑の着物にも合うと思う」

要に勧められて、瀬那も納得する。

「そうですね。今日はこれにしようかな」

自分で選んだのも白の塩瀬《しおせ》の帯だし、色合い的には変わらないだろう。

暑くなるのであれば、こちらの帯の方が、夏らしくていいかもしれない。

一つ頷いた瀬那は、要の手から帯を回収する。

「本当に一本の真っ直ぐな帯なんだな」

瀬那が着付けしやすいように、半幅帯を畳んでいると、要に声を掛けられた。

「やりませんよ」

その熱心さに、思わず瀬那は釘を刺す。

「俺は何も言ってない」

「目は口ほどに物を言うって、昔の人はよく言ったものですね」

じろりと要の顔を睨《にら》むと、要は楽しそうに声を立てて笑う。

「もう本当に着替えるので、出て行ってください！」

瀬那は笑う男の体を和室の外に押し出して、ふすまを閉める。

着付けを終えてふすまを開けると、要が風呂敷包みを手に和室の前に立っていた。

「何してるんですか？」

「瀬那に頼みがある」

風呂敷包みを掲《かか》げて見せる要に、瀬那は首を傾げた。

「これの着付けを頼みたい」

「着付け？」

要の言葉に瀬那はますます首を傾げた。要は風呂敷の結び目を解いて、瀬那に中身を見せてくる。

「瀬那の店に出るなら、着物の方がいいかと思って、牧瀬さんに用意してもらった」

中から出てきたのは男性物の着物一式だった。黒にも見える濃いグレー地に菱重《ひしがさ》ね文様《もんよう》が織り上げられていて、光の加減で濃淡が変化して見える。それに臙脂《えんじ》色の角帯が揃えられていた。

瀬那は男の意外な行動に目を瞬《またた》かせる。そしてふと、これを用意するように牧瀬に頼んだのは、きっと記憶を失っていた時の天真爛漫《てんしんらんまん》な彼だったのだろうと思った。

瀬那がいつも着物だから自分もと、嬉々として牧瀬に頼む様子が、簡単に想像できた。

けれど、それを今の要が持ち出してきたのは、少し意外だった。

黙って見上げていると、要はどこか居心地が悪そうに瀬那から顔を背《そむ》ける。

自分でもらしくない行動だと思っているのだろう。

男の耳朶《じだ》が赤く染まっていることに気づいて、瀬那は内心で小さく笑った。崩れた男のポーカーフェイスにあの青年の面影が見える。

それは決して、嫌な変化ではなかった。前よりもわかりやすくなった男の感情に、瀬那の心が揺らされる。

「男の人の着付けはあまりしたことないんですけど」

そう言いながら、瀬那は要を和室の中に招き入れ、手早く風呂敷の中身を確認する。そこには着物と帯以外にも、着付けに必要な一式がきちんと揃えられていた。

――さすが、牧瀬さん。

有能な秘書はこういうところも完璧だと感心する。

「そこに立ってもらっていいですか？」

姿見の前に立つように、要に指示する。瀬那は着付けしやすいように、着物や帯を畳み、腰紐《ひも》などの小物類を使う順番に重ねておいた。

それから要に長襦袢《ながじゅばん》を渡して、下着の上に羽織るように伝える。

「瀬那は着付けを誰かに習ったのか？」

着物の着付けを始めた瀬那に、要が質問してきた。

「一応、着付け教室には通いました」

「どうして？」

「子どもの頃に、祖母が着付けしているのを見ていて、自己流で覚えたんですけど、大人になってから、一度はきちんと着付けを習っておこうと思ったんです。一応、着付け師の免状も持ってますよ」

「なるほど」

会話をしながらも瀬那の手は止まることはない。長襦袢《ながじゅばん》を整え、その上から着物を着せて襟《えり》を合わせる。

「苦しくないですか？」

「大丈夫だ」

「では、このまま帯を締めますね」

臙脂《えんじ》色の角帯を手にする。

――男の人の着付けって、いつぶりだっけ？

そう思いながら、瀬那は自分でもたまに結ぶことのある貝の口結びにした。

少し距離を置いて、要の全身を見る。満足できる姿に瀬那は一つ頷いた。

「できましたよ」

瀬那の声掛けに、要は姿見に映る自分の姿をじっくりと見る。

それを後ろから鏡越しに眺めながら、さすがイケメンは何を着ても似合うと感心していた。

瀬那が感心したのはそれだけではない。

昼の営業中、要は着慣れない和服姿であっても、完璧な接客をこなしてみせた。

「ありがとうございました。また、お越しください」

丁寧な対応で、女性客のグループを見送る姿は、ただただ美しい。店内の女性客からほおっと感嘆のため息が漏れた。いつもとは違う浮ついた空気が店内に充満していて、瀬那は苦笑する。

――そういえば、学生の頃は会長の指示で、支店でアルバイトしてたって言ってたもんね。

後継者教育の一環として、身分を伏せて各支店を回り、現場で経験を積んできたという話を思い出す。

――まあ、だから私みたいな呑気《のんき》な預かりものに厳しかったんだよね。

出会った頃の要を思い出して、瀬那は苦笑する。学生の時から厳しい教育を受けてきた要からしてみたら、瀬那の存在はさぞかし甘やかされたものに見えただろう。

「ねえねえ、瀬那ちゃん」

丁度、配膳を終えた瀬那の着物の袖《そで》がくいっと引かれた。

「はい。何でしょう？」

祖母の頃からの常連客の女性に、瀬那は顔を向ける。

「どうしたの彼！　すごいカッコいいわね！　これからこのお店で働くの？　もしかして、瀬那ちゃんの彼氏？」

好奇心に目を輝かせた女性の質問に、瀬那は引きつった笑みを漏らす。ご近所に住むおば様たちのグループ客なので、下手《へた》なことは言えない。

「ちょっと事情があって期間限定で、アルバイトしてもらうことになったんです。彼がいる間はどうぞご贔屓《ひいき》に」

彼氏かという質問はスルーして瀬那が答えると、女性たちがキャーキャー騒ぎだす。

「期間限定のアルバイト？」

「じゃあ、いつかはいなくなっちゃうのね？」

「彼がお店に出ている間は、毎日ランチはこちらにしようかしら？」

イケメンはそれだけで集客に繋がるのだと、瀬那は実感する。

――よし！　西園さんがいる間に、稼がせてもらおう！

そんな邪《よこしま》な考えが瀬那の頭に浮かぶ。まるでそれを見透かしたように、要がこちらを見た。

一瞬ドキリとするが、「今、伺います！」と要が言ったことで、後ろを振り返る。

どうやら瀬那の後ろにいる女性客が、要に向かって手を上げたらしい。

咄嗟《とっさ》に瀬那が動こうと思ったが、それより早く要が動き出していた。

――西園さんに任せっぱなしにはしてられない。私も頑張らないと！

瀬那は気合を入れて接客に回り、何事もなく昼の営業を終えた。

最後の客を見送って、瀬那はのれんを下ろす。

店内に戻ると、カウンターに周大が用意してくれていた賄《まかな》いが、二人分並んでいた。要は個室の片付けをしてくれていて姿は見えない。

「あれ？　二人分？」

疑問に思った瀬那が厨房を覗くと、周大がいそいそと外に出る準備をしていた。

「周ちゃん？　賄《まかな》いが二人分しかないけど？」

「今日は初美ちゃんが戻ってくるって言ってたから、飯を一緒に食べる約束をしたんだ。だから、家に戻る。夜の仕込み前には帰ってくるから、後は頼む」

「そう。ごめんね。お姉ちゃんのことよろしく」

「ああ！　行ってくる！」

いつもの無表情が嘘のように、満面の笑みで店を出ていく周大を見送った。

厨房から店内に戻ると、丁度、要が個室から戻ってきたところだった。

「あれ？　高田さんは？」

「家に帰りました」

「帰ったって何で？　いつも一緒に昼を食べているんじゃないのか？」

「今日は家に、待ってる人がいるそうですよ」

いつになく浮かれた様子だった幼馴染の姿を思い出して、瀬那は笑いながら答える。

「待ってる人？　それは高田さんの恋人か何か？」

その質問に、ずっとこの男に隠していたことを話すのは、今しかないと思った。

「うーん……恋人っていうか、初恋の人？　私の姉なんですけど……今、周ちゃんの家でお世話になっていて、今日は一緒にご飯を食べる約束をしたらしいです」

「瀬那の、お姉さん？」

「ええ、姉です。先に座りませんか？　お腹が空《す》きました」

瀬那は賄《まかな》いの用意されたカウンター席に座り、要にも座るよう促《うなが》す。要は素直に、瀬那の隣の席に座った。

今日の賄《まかな》いは筍《たけのこ》の炊き込みご飯と若竹汁。山菜の煮物だった。

席に座ってからも要は瀬那の話の続きが気になるのか、こちらを真っ直ぐに見つめている。

「周ちゃんは、子どもの頃——幼稚園の頃から私の姉に恋をしているんですよ。もう二十年以上になります。ものすごく一途なんですよ」

瀬那の言葉に、要の眉間《みけん》に皺《しわ》が寄る。困惑の浮かぶ要の表情から、瀬那は賄《まかな》いへ視線を向けた。

ずっと自分にとって恋敵《こいがたき》だと思っていた相手が、実は瀬那の姉に惚れていると言われても、すぐには受け入れられないのだろう。瀬那は素知らぬ振りで、箸《はし》を手にして賄《まかな》いを食べ始める。

「うーん。さすが周ちゃん。今日も美味《おい》しい！」

瀬那の様子に、要が一つ息を吐いて、箸《はし》を手にした。

「高田さんは、瀬那に惚れてるのかと思ってたよ」

ぼそりとした呟きに、瀬那は箸《はし》を止めて、ちらりと要の方を向く。男はまだ納得がいかない様子で、眉間《みけん》に皺《しわ》を寄せている。

「私と周ちゃんはただの幼馴染ですよ。彼は姉の言った『私に変な虫がつかないようにして』という言葉を忠実に守ってるだけ。周ちゃんの行動原理は、全部うちの姉なんです」

自分のずるさは自覚していた。

――でも、きっと今じゃないと周ちゃんのことは伝えられなかった。

すべてを語り終えた瀬那は、要の横顔を静かに見つめる。男の眉間《みけん》には変わらず皺《しわ》が寄っていた。

「瀬那は、高田さんを好きだったことはないの？」

問われて、瀬那は首を傾げる。

「物心がついた頃には、周ちゃんはもう、お姉ちゃんを追いかけていたからなー。周ちゃんは私にとっては家族です。それ以外の何物でもない」

しかし、いまだ要の表情は晴れない。

「私の言葉が信じられないなら、周ちゃんが帰ってきた時の顔を見たらいいですよ。きっと緩み切った顔をしているから」

「わかった」

一応、頷いてはいるものの、どこか釈然《しゃくぜん》としない様子の要に、瀬那は仕方ないと諦める。そういう嘘を、瀬那はずっと要についてきた。小さな自分のプライドを守るために――

――でも、これだけは信じてほしい。

「今の私は、あなたに嘘はつきません。私の好きな人は目の前にいる」

瀬那は隣に座る男の頬に手を伸ばした。滑《なめ》らかな男の頬に恋しさが募《つの》る。

――この夢の時間を手放せないくらいに、あなたが好きだ。

そんな想いを込めて男を見つめると、要が小さく息を吐いた。瀬那の手を取り、手のひらに口づける。顔がいいと、きざな仕草がよく似合う。

「瀬那が不器用なのは、誰よりもよく知ってるよ。こういうことで嘘をつくのが苦手なことも」

真っ直ぐこちらを見る男の言葉に、瀬那はホッと安堵しながら微笑んだ。

その後、二人で賄《まかな》いを食べて、他愛《たあい》ない話をする。そんな穏やかな時間が、何よりも愛おしいものに感じた。

一時間ほどして、周大が店に戻ってきた。その顔は、瀬那が予想した通り緩み切っていた。要の前で初美について尋ねると、満面の笑みで楽しかった時間の話を始めた。

「私が周ちゃんとどうこうなるなんて、あり得ないんですよ。ずっとこんな顔を見てきたら、周ちゃんの恋を応援したくなる……」

瀬那の言葉に、要は複雑そうな顔をしつつも「そうだな」と、納得したように頷いた。

一緒に同じ店で働き、接客の合間に目が合って微笑み合う。そんな些細《ささい》なことが幸せだった。夜は瀬那の部屋の狭いシングルベッドで、要と抱き合って眠る。窮屈《きゅうくつ》なのに、互いにそれを言うことはない。

ただ触れ合うぬくもりに、幸せを感じて眠りに落ちる。

けれど、砂時計の砂が落ちるように、夢の終わりはあっという間にやってくる。

要を預かると約束した三日目の朝——瀬那は要よりも先に目が覚めた。

目を開けると、要の端整な顔が目に飛び込んでくる。

この三日、要が先に目覚めていることもあれば、瀬那が先に目覚めていることもあった。互いに相手が起きるまで、その寝顔を眺めて過ごす。そんな暗黙の了解があった。

朝の気配が徐々に濃くなっていく部屋の中で、瀬那は飽かずに男の寝顔を眺める。

カーテンの隙間から射し込んだ朝日が、男の目覚めを促《うなが》した。

「んん……」という声と共に眉間《みけん》に皺《しわ》が寄り、ゆっくりとその瞼《まぶた》が開く。朝の光に照らされた茶色の瞳と目が合うと、男がホッとしたように微笑んだ。

「おはよう」

寝起きの少し掠れた声に、胸がざわついた。

毎朝、目覚めるたびに緊張する。

この夢が、今日もまだ終わらないのかどうか——

「……瀬那？」

返事をしない瀬那に、要がどうしたのかと名前を呼ぶ。

その柔らかな声音に、瀬那は詰めていた息をゆるりと吐いた。

まだまだこの夢を続けたいと希《こいねが》う自分がいた。

——わかってる。夢は夢だからこそ綺麗で、幸せなのだ。この三日、自分はとても楽しく幸せな夢を見ていた。

要には、彼を待っている大勢の人がいる。いつまでも瀬那が独占しているわけにはいかない。それは要もわかっているはずだった。

「まだ眠い？」

男が瀬那の前髪を梳《す》く。その優しい手つきに、瀬那は泣きたくなった。潤《うる》む瞳を見られたくなくて、瀬那は瞼《まぶた》を閉じて緩く首を横に振る。

「……起きてます」

瀬那はゆっくりと起き上がる。まだ横になったままの要を見下ろした。

朝日の射し込む部屋の中で、男はただ穏やかに笑っている。

——今夜、この人ときちんと話をしよう。

瀬那は泣きたくなるような切なさの中で、そう決めた。

それで、今の関係がどう変わるのかは、わからない。

こんなきっかけがなければ、互いの感情に向き合うこともできなかった自分たちは、ひどく馬鹿だったと思う。

けれど、この時間がなければ、何も変えられなかった。

夢を夢のままに終わらせないために、瀬那は新たな一歩を踏み出すことを決めた――

☆

瀬那の決意を見越したように、嵐は唐突に訪れた。

その日の営業もいつも通りに始まった。要のおかげか、この三日間で女性客が増え、売り上げも伸びた。

――稼がせてもらおうとは思ったけど、本当になるとは……

瀬那は苦笑と共に、イケメンの集客効果を実感した。

何事もなく昼の営業を終え、賄《まかな》いの時間になった。周大への誤解が解消したからか、二人の関係もずいぶんと改善していた。

三人揃って食事をしていても、前のような一触即発の雰囲気にはならない。

賄《まかな》いを食べた後、瀬那は要の希望で、珈琲《コーヒー》を淹《い》れる。これまで彼にそうしてきたように、豆を挽き、湯を沸かす。店の中に、この時だけ、珈琲《コーヒー》の香ばしい香りが漂《ただよ》った。

その香りに、カウンターに座った要が、リラックスした様子で目を細めた。厨房で新聞を読んでいた周大もつられたようにこちらを見た。

——うちでも珈琲《コーヒー》を出してもいいのかも……

彼らの反応に、店を継いで初めて瀬那はそう思った。祖母の方針でこの店では、日本茶しか出さないと決めていたけれど、今どき、珈琲《コーヒー》は当たり前の飲み物だ。頑《かたく》なに出さないと決めつけることもないかと思う。

——ちょっと考えてみようかな。

周大と要に珈琲《コーヒー》を渡し、瀬那もカップを手に、要の隣に座った。

「瀬那ー!!」

珈琲《コーヒー》を飲んで一息ついたタイミングで、いきなり店の出入り口の引き戸が、派手な音を立てて開けられた。ぎょっとした瀬那は思わず立ち上がり、出入り口を振り返る。

「お、お姉ちゃん?」

ずかずかと勢いよく入ってきたのは、初美だった。初美の声が聞こえたのか、厨房から周大が顔を出す。

「ただいまー！　お腹空《す》いた！　あと、やっぱり日本にいるのに、瀬那に会えないのは、お姉ちゃん寂しい！」

突進してきた初美が、瀬那に抱きついてきた。勢いで倒れそうになるのを、カウンターに手をついて何とか堪《こら》える。

――お姉ちゃんが、いつまでも大人しくしてるわけがなかった。

瀬那は大きくため息を吐く。要が退院して三日――よくもった方だと思う。

でも、よりによって何故このタイミングで帰ってくるのだと思わずにはいられない。

「わかった。お姉ちゃん。とりあえず、ちょっと離れて。倒れそう」

瀬那は何とか体勢を立て直し、初美を引き剥《は》がした。それでも、初美の腕は瀬那の首に絡みついたままだ。

「久しぶりに会ったのに、瀬那が冷たい！」

初美が唇を尖らせるのに、瀬那はため息を吐く。

「久しぶりって、一週間も経ってないじゃない」

一度仕事で海外に行けば、平気で数か月は連絡を絶つ人間が言うことではない。それに、毎日何だかんだとSNSでやり取りをしていた瀬那としては、久しぶりという感覚はなかった。

「瀬那はお姉ちゃんに会えなくて、寂しくないの？」

嘆くふりで、初美が瀬那の肩に顔を埋《うず》めようとして、ぴたりとその動きが止まる。

どうしたのかと思えば、初美の視線は、瀬那の隣で呆れたように彼女を見上げている要に向けられていた。

――あ、まずい。

そう思ったが、遅かった。

「あんたが何でここにいるのよ‼」

要を指さしながら、初美が叫んだ。瀬那は天を見上げたくなる。

昔から初美は要のことを蛇蝎《だかつ》のごとく毛嫌いしていた。

というのも、瀬那が要のもとにいた時、ろくに休みもなく世界中を飛び回り、厳しく指導されていたことが、初美は気に入らなかったらしい。その上、当時の要は次々と恋人を替えるプレイボーイだったので、シスコンの初美にとってみれば、妹に近寄らせたくない男一位だったのだ。

瀬那が店を継ぐために、要の秘書を辞めた時には、初美が祝杯をあげていたことを瀬那は知っている。

「お姉ちゃん。うるさい。耳元で叫ばないで」

「瀬那！　どういうことよ！　何でこの色情狂がここで珈琲《コーヒー》なんて飲んでるの⁉　お姉ちゃんにちゃんと説明して！」

「色々と事情があるの。あと、人を指ささない！」

瀬那は要を指さす初美の手を掴んで下ろさせる。

「今はそんなことを言ってる場合じゃないでしょう！」

初美が激高《げっこう》したように叫ぶ。あまりにひどい言い様を気にして要を見るが、彼は苦笑するだけで、怒る様子はない。

「だから、色々と事情があるのよ。お願いだから、少し落ち着いて」

「色々って何？　お姉ちゃんにちゃんと説明しなさい！」

興奮して話の通じない初美に、瀬那はだんだん頭が痛くなってくる。

「初美ちゃん！　落ち着いて！　瀬那にも事情があるんだよ」

厨房から出てきた周大が、初美を落ち着かせようと傍に歩み寄ってくる。

「だから事情って何よ！　周大も周大よ！　何で教えてくれなかったの？　こいつがここにいるって！　こんな格好してるってことは、瀬那が預かる人ってこいつのことだったんでしょ？」

初美に責められて、周大は強く反論できずおろおろし始める。

――本当に変なところでお姉ちゃんは察しがいい。

「周ちゃんを責めないで。こうなるってわかってたから、お姉ちゃんには言いたくなかったのよ」

「瀬那！」

「とりあえず落ち着いて」

「これが落ち着いていられるわけないでしょう！」

困っている瀬那の着物の袖《そで》が、つんと引かれた。振り返ると、苦笑した要がこちらを見上げている。

「西園さん？」

「お姉さんに説明してあげればいい」

「でも……」

躊躇《ためら》う瀬那に要は大丈夫だと頷いて立ち上がった。

「初めまして。西園です」

丁寧に挨拶《あいさつ》する要を、初美が睨《にら》みつける。

「先日、事故に遭いまして、頭を打ったせいなのか、これまでの記憶がないんです」

堂々と言い放つ要に、瀬那は内心で呆れたため息を吐く。

——うん。今のこの人なら、主演男優賞を狙えるかも？

そんな埒《らち》もないことを考えて、瀬那は現実逃避したくなる。

「瀬那!?」

初美が真偽を確かめるため、瀬那の方を向いた。

「本当よ。事故に遭って、今の西園さんには記憶がないの。色々と事情があって、数日間だけ私が預かってるの」

瀬那は簡単に要を預かることになった経緯を、姉に説明した。瀬那の説明を聞く初美の顔は、徐々に険しくなっていく。

「まさかと思うけど、ここで一緒に暮らしてるとか言わないわよね？」

思わず瀬那は姉から視線を逸らした。それを見た姉の額に再び青筋が浮かぶ。

「何で瀬那がそこまでするのよ！　こいつは大会社の御曹司なんだから、世話をする人間なんて掃いて捨てるほどいるでしょ！」

要を指さして再び怒鳴りだした初美に、瀬那はこめかみを揉む。

「いい加減にして。これは私が引き受けた仕事なの」

「瀬那！」

一歩も譲らない瀬那の態度に、初美が悲鳴のような声を上げる。

放っておいても、どうせ今日でこの夢の時間は終わる。

だから、たとえ姉とはいえ、今はそっとしておいてほしかった。

「だったら、今日は私もここに泊まる！」

初美の宣言を、瀬那は断ろうと思った。けれど、こちらを見る初美の眼差しには、断固たる決意が見えた。

面倒なことになったとは思うが、こういう顔をした時の初美は、何を言っても聞き入れないことを瀬那は知っている。

「わかった。好きにしていい。でも、これだけは約束して。西園さんに喧嘩を吹っ掛けたり、変に絡んだりしないで。それが約束できないなら、うちには泊まらせない」

瀬那の言葉に初美は胸の前で腕を組んで頷いた。

「わかったわ。でも、私は瀬那の姉として妹を守る義務があるの。もしこの男が瀬那にちょっかいを掛けるなら、容赦はしないから」

「お姉ちゃん！」

咎《とが》める瀬那を無視して、初美は周大に鋭い視線を向けた。

「周大！」

「何？　初美ちゃん」

初美に名指しされた周太は、反射的に背筋を伸ばした。

「取ってきたい荷物があるから手伝って！」

「いや、俺、これから仕込みがあるし……」

周大は困ったように、瀬那に視線を向けてきた。瀬那は壁の時計を見上げて、時間を確認する。

夜の仕込みを始めるにはぎりぎりの時間ではあるが、周大のアパートはここから徒歩で十分もかからない。初美の荷物を取って戻ってくるくらいは何とかなるだろう。

「ごめん、周ちゃん。悪いんだけど、お姉ちゃんについていってもらえる？」

申し訳なく思いながら頼むと、周大は一つ大きく息を吐いた。

「わかった。じゃあ、初美ちゃん、上着を取ってくるからちょっと待ってて」

後半は初美に言い、周大は厨房に上着を取りに行く。そうして二人は店を出て行った。その後ろ姿を見送り、瀬那はどっと疲れを感じて、カウンターの椅子に座った。

「大丈夫か？」

隣に座った要が、気遣わしそうな視線を向けてくるのに、瀬那は力のない微笑みを浮かべる。

「姉が失礼しました」

「いや、それは問題ない。瀬那は愛されてるなと思ったよ」

「お姉ちゃんの愛は、たまに重すぎます」

瀬那の返事に要は声を立てて笑った。その軽やかな笑い声に、瀬那は体の力が抜けていく。無性に喉が渇いて、瀬那は冷めてしまった珈琲《コーヒー》に手を伸ばす。すると、立ち上がった要が、瀬那のカップを取り上げカウンターに入った。

「珈琲《コーヒー》を淹《い》れ直すよ。せっかくなら美味《おい》しい珈琲《コーヒー》を飲もう」

要は慣れた様子で珈琲《コーヒー》豆を挽く。再び珈琲《コーヒー》豆のいい香りが店に漂《ただよ》い始めた。瀬那はぼんやりとその様子を眺める。

たいして待つことなく、要が二人分の珈琲《コーヒー》を淹《い》れ直した。カップを差し出されて、瀬那はそれを受け取る。カップの熱さに指先が痺《しび》れたような感覚を覚えるが、疲れた今はその熱さが心地よい気がした。瀬那は珈琲《コーヒー》を吹き冷まして、一口飲む。

適温で淹《い》れた珈琲《コーヒー》は、極上の味わいだった。

ほうっと感嘆の吐息が瀬那の唇から漏れ出る。

「美味《おい》しい……」

語彙が少なくてうまく表現できないが、要の淹《い》れてくれた珈琲《コーヒー》は、疲れた体に染み渡るようだった。

「よかった」

カウンターの内側で瀬那の様子を見守っていた要は、穏やかな笑みを浮かべて、自分も珈琲《コーヒー》を飲み始める。立ったまま珈琲《コーヒー》を飲む男の姿を、瀬那は見上げた。

「西園さん」

「ん？」

瀬那の呼びかけに、要がこちらに視線を向ける。その柔らかな眼差しに、瀬那の心は揺れた。

けれど、いくら引き延ばしたところで、結果は変わらない。

――お姉ちゃんが帰ってくる以上、落ち着いて話せるのは今しかない。

本当は店が終わった後に、ゆっくりとこの人と話をしたかった。

瀬那はカップをカウンターに置いて、この夢の時間を終わらせる覚悟を決めた。

「瀬那」

けれど、瀬那が口を開くよりも早く、要が瀬那の名を呼んだ。

「せめて今日までは、このままでいてくれないか？」

その言葉に、瀬那はハッとして相手を見る。要は苦く笑った。

「瀬那が何を言おうとしているのか、わかってるつもりだ。だけど、せめて今日まではこのままでいたい」

――ああ、やっぱり……

要もこの夢の時間の終わりを考えていたのだと気づいて、瀬那は泣きたくなる。

当たり前だ。この男は世界中に従業員を抱える大企業の経営者だ。いつまでも記憶喪失のふりを続けていられるわけがない。

要の顔を見ていられなくて、瀬那は顔を俯《うつむ》ける。手の中のカップをぎゅっと握った。

――相変わらずこの人のポーカーフェイスは完璧だったな……

記憶を取り戻してからの要の演技を下手《へた》だと思っていたが、肝心なことを隠すのはうまかったのだと思い知らされる。

瀬那は一つ大きく息を吐くと、顔を上げた。無理やり唇を微笑みの形に吊り上げる。自分がきち

ん と笑えているのか、自信はない。

「わかりました」

けれど、瀬那に答えられる言葉はそれだけだった――

☆

要は、カップを両手で握る瀬那のつむじを見下ろしていた。

瀬那が戸惑っているのが伝わってくる。

――夢の時間はあっさりと終わるものだな……

自分を蛇蝎《だかつ》のごとく嫌う瀬那の姉の顔を思い出して苦笑する。

けれど、同時にこれでよかったのだと思った。

いつまでも記憶喪失のふりを続けられないことはわかっていた。

それでも、毎朝、目覚めると腕の中に瀬那がいる。その幸せを自分は手放せなかった。

瀬那が顔を上げた。泣き笑いのような表情が、その顔に浮かぶ。

「わかりました」

そう告げる女の顔は、ひどく儚《はかな》く見えて、要の心を揺らす。

――そんな顔しなくてもいい。

そう思うが、うまく言葉にできないのをもどかしく思う。

自分はこんなにも不器用な人間だったのかと呆れるしかない。

仕事の時や他の人間の前では滑《なめ》らかに動く口は、何故か彼女の前でだけ重くなる。

要が何かを言う前に、瀬那が察してくれるというのもあるのかもしれない。

要の一言一言に、ポンポンと彼女が言葉を返してくれるから、それに甘えていた。

だから、こういう肝心な時、いつも彼女に言うべき言葉を見つけられない。

「今夜、話をしよう」

——あの日、伝えられなかった話を——

要の言葉にできない想いを受け止めたのか、瀬那は小さく瞬《まばた》きをして、「はい」と頷いた。

瀬那は再びカップをぎゅっと握って、珈琲《コーヒー》を飲み始めた。

要の位置から俯《うつむ》いた瀬那の表情は、はっきりと見えない。

——本当に俺たちはどこで間違ったんだろうな？

苦笑と共にそう思う。初めて瀬那と顔を合わせた時は、こんな風に彼女に恋焦《こ》がれる自分など想像もできなかった。

目を細めた要は出会った頃の瀬那の姿を思い出す。

祖父が連れてきた新人は、甘ったれた子どもに見えた。時期外れの入社に関して、強引に口をきいた事情を聞けば、その思いはますます強くなった。

幼い頃から、後継者になるために厳しい教育をされてきた要から見ると、瀬那は使い物になるとは思えなかった。

けれど、その予想に反し、瀬那は根性のある負けず嫌いだった。

叩けば叩くほど、踏めば踏むほど強く伸びていく雑草のような強さで、要を驚かせた。

まるで乾いたスポンジが水を吸い込むように、瀬那は様々な知識を吸収していった。

それを見るのが面白くて、要はことさら厳しく瀬那を指導した。

おかげで瀬那には、鬼のように思われていたのを知っている。

彼女を第一秘書に据える頃には、瀬那は要にとってなくてはならない存在になっていた。

瀬那と一緒であれば、どこまでも自由に羽ばたける気がしていたのだ。

これからも、ずっと一緒に飛べると思っていた。しかし、瀬那は自身の夢と病に倒れた祖母のために、要のもとをあっさり去っていった。

瀬那の夢を理解していた。だが、自分よりも夢を選んだ彼女に、悔しさを覚えた。

意地を張り、素直に傍にいてほしいと言えないまま彼女を手放した。

しかし、瀬那が傍を離れて、先に耐えられなくなったのは自分だった。

会いたくて、何をしているのか気になって、仕事のスケジュールを調整してこの店に通った。自分が傍にいなくても、生き生きと働く彼女の姿が眩《まぶ》しくて、同時に腹が立った。

瀬那の祖母が生きている頃はそれでも自制できた。

――瀬那を不器用と言ったが、不器用なのは俺もだったな。

いい年をして何をやっているのかと自分でも思う。けれど、瀬那の前では素直になれない。

それは瀬那も同じだったのだろう。

互いに惹かれ合っていても、意地を張って素直になれないまま時だけが過ぎていった。

そんな時に、瀬那の祖母が亡くなった。その死を悲しみ、自責の念に駆られる瀬那は、とても弱々しく見えた。

泣きたいのに、泣くこともできない不器用な彼女を、要は抱きしめたいと思った。

伸ばした手を瀬那は拒《こば》まなかった。縋《すが》るように自分に助けを求める瀬那を、ただただ愛おしく思ったのを覚えている。

互いに変わらないままでいようと、暗黙の了解のように思っていた。

けれど、変わらない瀬那に焦《じ》れたのは要だった。だから、わがままを言って、瀬那を困らせるような真似をした。

まだ、彼女の心に、自分の居場所があるのか確かめたかったのだ。

いつも怒りながら、それでもわがままを聞いて珈琲《コーヒー》を淹《い》れてくれる瀬那に、要が安堵していたのを彼女はきっと知らない。

いい加減、この関係をはっきりさせたいと、そう思った。

元上司と部下という曖昧《あいまい》なものではなく、彼女の悲しみや喜びを分かち合える相手になりたかった。

あの事故に遭った日——彼女に自分の想いを伝えるつもりだった。

記憶を失ったおかげで、色々と予想外のことが起こったが、今もその想いに変わりはない。

夢の時間はもう終わる。だが、要はこのまま夢を夢のままで終わらせる気はなかった。

この先も瀬那と共に生きていく現実を手に入れる。要はそう決めていた。

瀬那が珈琲《コーヒー》を飲み終わったのを見計らったように、初美が周大を連れて戻ってきた。

敵意もあらわに無言で睨《にら》みつけてくる初美に、要は深く大きなため息を吐く。

――とりあえず今の最大の壁はこの人かもな……

今までの自分の女癖の悪さを考えれば彼女の態度も仕方ない。試練と思って受け入れる。

ただ一つ言わせてもらえば、瀬那が秘書を辞めた後、自分は付き合いのあった女性との関係をすべて清算していた。今、要の傍にいる女性は、瀬那一人だ。

慌ただしく夜の営業の準備が始まり、瀬那と要はろくに話す暇もないまま、それぞれの仕事をこなした。初美は店の隅の席に陣取って、要の一挙一動を鋭い眼差しで監視している。

だが、要は要で忙しく、初美に構っている余裕はなく、好きにさせていた。

周大の料理の腕と瀬那の接客。二つがうまくかみ合って、立地条件の割になごみは繁盛していた。

客幅は広く大人から子どもまで、皆が料理を楽しんでいる。

水を得た魚のように、瀬那は店内を動き回って客たちの声に応《こた》えていた。

客が何か冗談を言ったのか、瀬那が笑い声を上げる。柔らかなその声が店内に響いて、要はそちらを振り向いた。

そこに眩《まぶ》しいほどの笑みを浮かべている瀬那がいた。一緒に働いていた頃には、見られなかった笑顔だった。

――いい店だな。

要は素直にそう思った。これが彼女がやりたかったことだと言われれば、納得せざるを得ない。

これまで自分はそれを見たくなくて、頑《かたく》なに営業時間中の訪問を避けていた。

けれど、数日一緒に店で働いて実感する。

この店こそが、今の瀬那の居場所なのだと――

それを否定するつもりはもうない。その上で一緒にいられる未来を考えたいと思っている。

店の営業が終了し、初美は瀬那に追い出されて二階の自宅に上がっていった。周大は厨房の片付け、瀬那と要は手分けして店の掃除をする。

この仕事も今日で終わりかと思えば名残惜《なごり》しく思えて、要はことさら丁寧に掃除をした。

たった四日。されど要にとっては貴重な四日間だった。

要は集めたごみを持って外に出た。外の物置タイプのごみ置き場のドアを開けて、中にごみ袋を入れる。

――久しぶりの現場仕事は、さすがに腰にくるな。

要は凝《こ》った腰を伸ばしながら空を見上げた。それなりにジムで鍛《きた》えていたつもりだが、事故後に数日入院していたこともあり、すっかり体がなまっていた。

事故前はずっと海外支店の視察だ何だとあちこち飛び回り、それ以外はデスクワークが主な仕事になっていた。こんな風に、客を身近に感じる仕事は久しぶりで、要に初心を思い出させてくれた。

――楽しかったな。

充実した疲れと共に、空を見上げた。

深夜近くの住宅街は、都会とは違い家々の明かりが少なく星空がよく見える。満天の星とまではいかないが、それでも普段意識することのない星の瞬《またた》きは、新鮮に思えた。

控えめに夜空を彩《いろど》る星に、愛する女の面影が浮かぶ。

太陽や月のような華々しさはないけれど、どんな時も夜空で優しく輝き続けるその存在を、瀬那に重ねてしまう。

柄にもないと笑って、要は肩の力を抜く。どうやら瀬那との話し合いを前に、少し緊張しているらしい。

「ねえ、ちょっと！」

星空を見上げていると、背後から声を掛けられた。振り返ると、初美が庭に出てきていた。

こちらを真っ直ぐ睨《にら》みつけてくる彼女に、瀬那と話すよりも先に、彼女の姉と話し合う必要がありそうだと、要は初美と向き合う。

初美はつかつかと足音を立てて、要に近寄ってきた。初美が要の襟《えり》首を掴み、顔を寄せてくる。

吐息の触れる距離で、初美が要の顔をねめつけた。

「記憶喪失なんて嘘なんでしょう？　何を企《たくら》んでるのよ？」

確信をもって迫る初美に、要は内心でため息を吐く。

初美とは、両方の祖父母を介して何度か顔を合わせたことがある。祖父は最初、年の近い初美を要の嫁にしたいと思っていた節があった。

その思惑には初美も気づいていたらしい。最後に顔を合わせた時、はっきりと『タイプ』じゃないと言われた。

要は要で、自由奔放《ほんぽう》で自己主張の強い初美とは気が合わず、結婚など冗談じゃないと思っていた。

あまりに二人の気が合わないため、祖父の思惑はあっさり潰れた。

以降、瀬那が祖父のもとに来るまで、要が初美と顔を合わせることはなかった。瀬那はきっと、姉と自分の間にそんな縁談じみた話があったことなど知らないだろう。

初美もわざわざそんな過去を、瀬那に話すとも思えない。

「別に何も企《たくら》んでない。事故に遭ったのも記憶を失っていたのも本当だ」

「その口調なら今は記憶が戻ってるんでしょう？　だったら、さっさと自分の居場所に帰りなさいよ。瀬那の周りをうろうろしないで！」

野性の勘なのか、妹を守ろうとする姉の本能なのか——あっさりと要の記憶が戻っていると断言する初美に、要は一つ嘆息する。

「断る」

「はあ？」

要の端的な返事に、初美の柳眉《りゅうび》が逆立つ。襟《えり》首を掴む初美の手に力が入り、要は眉間《みけん》に皺《しわ》を寄せた。

「ふざけてるの？」

「別にふざけてない」

「だったら瀬那の傍をうろうろしないでよ！　あんたみたいな奴にうちの可愛い妹をやるつもりは

ないんだから！」

首を絞める勢いで揺さぶってくる初美に息が詰まり、要は初美の手を掴んで自分から引き離した。

「殺すつもりか？　姉が犯罪者になったら瀬那が悲しむぞ」

「うるさい！　だったら今すぐに出て行って！」

「夜中に大声はどうかと思うぞ？　近所迷惑になる上に、店の評判に関わる」

「あんたにそんなこと言われたくない！　いいからさっさと家から出ていきなさいよ！」

「それはできない」

「何でよ！」

いくら瀬那の姉の言葉であっても、要は従うつもりはなかった。

瀬那が要以外の誰かを選ぶというなら別だが、そうでないのなら要は瀬那の傍を離れるつもりは一切ない。

「瀬那には周大がいるのよ！　あんたなんてお呼びじゃないの」

「二人にその気はないみたいだけどな？」

「今はね！　でも、私は二人のことをずっと傍で見てきた。だからわかるのよ。あの二人は想い合ってるし、お似合いなの！　あんたも一緒に働いてたならわかるでしょう？」

「わからないな」

そう答えながら要は、呆れた気持ちになる。

——瀬那の姉なのに、何にも見えてないし、わかってないな。高田も可哀想に。

初めは要も疑っていたが、一緒にいれば瀬那と周大が本当にただの幼馴染なのだとわかった。それも、ほとんど家族と言っていい仲で、互いに男女という意識もなさそうだ。

何より瀬那は一本気な女だから、二股をかけるような器用さはない。それに周大が目の前の女に惚れていることを、今の要は知っている。

「あんたの目は節穴か！」

「その言葉、そっくりそのまま返すよ」

再び自分に掴み掛かってこようとする初美を、腕を掴んで捕獲する。それでもじたばたする初美に要はうんざりした。

「これじゃあ、まともに話もできない。いい加減、少しは落ち着いてくれないか」

「あんたとする話なんてない！」

要の言葉に、初美はますますヒートアップする。

初美と話し合おうにも、彼女に要の話を聞く気は一切ないようで、どうしたものかと思う。

この落ち着きのない女が瀬那の姉というのだから驚きだ。もうそろそろ年齢相応の落ち着きを見せてもいいだろうに。

——高田も物好きだな。これがいいなんて……

初美に惚れ切っている男を思い、蓼《たで》食う虫も好き好き、十人十色《じゅうにんといろ》と言った格言が、頭を過《よぎ》っていく。

確かに元モデルと言うだけあって、初美は美人だとは思う。しかし、いかんせん性格に難がありすぎるように要には思えるのだ。

埒《らち》もないことを考えていたせいで、要の意識が一瞬、初美から逸れた。

不意に、それまで要に掴み掛かろうとしていた初美の動きが止まった。

不審に思って意識を初美に戻した次の瞬間、彼女の手が要の首にするりと巻き付いてくる。

二人の体が密着して、要は不快さに眉を寄せた。吐息の触れる距離に、初美の顔が迫ってくる。

「何のつもりだ？」

不快さをあらわにして睨《にら》みつける要に、初美は微笑んだ。先ほどまで、『瀬那の傍から離れろ！』と怒鳴り散らしていた女と、同一人物とは思えぬ妖艶《ようえん》さだった。

「どうせ遊びたいだけでしょう？　だったら瀬那の代わりに、私が相手してあげるわ」

甘い毒を塗《まぶ》して囁《ささや》く初美の瞳は、声や態度とは裏腹にひどく冷めていた。

全く魅力を感じない誘いに、要は嘆息する。

「あんたに瀬那の代わりが務まるとでも？」

「務めるつもりなんて、最初からないわよ。バーカ」

企《たくら》み顔でにんまり笑った初美が、強引に要の首を引き寄せた。

カメラマンをしている初美の腕の力は強く、不意を突かれた要は抵抗できなかった。

唇に初美の唇が触れて、ぎょっとした要は目を見開く。

「お姉ちゃん!?」

背後で瀬那の驚いたような声が聞こえて、要は初美にはめられたことに気づく。

要は乱暴に初美を引き剥《は》がすと、後ろを振り返った。

店の裏玄関に、驚き顔の瀬那と、呆然とした周大の姿がある。

「ざまーみろ。これで、あんたは瀬那の傍にいられない」

企《たく》みが成功して満足そうに笑う初美に、要は頭痛がした。

――妹への愛が重すぎるだろ。

正直ここまでするかと思ったが、こういうことをするのが初美だということも、要は知っていた。

街灯の差し込む庭で、戸惑いに揺れる瀬那の顔が見えた。誤解を解くべく要は瀬那へ歩み寄ろうとした。けれど、それより早く動いた人物がいた。周大だ。

「初美ちゃん！」

怒気をあらわにした周大が、初美の手を掴んだ。初美はうろたえた様子で周大を見上げる。

「いくら何でも、やっていいことと悪いことがあるだろ！」

周大が初美を怒鳴りつけるのを、瀬那と要は呆気に取られて見つめた。

☆

時は少し遡《さかのぼ》り。夜の営業が終わり、それぞれが掃除や後片付けに回っていた頃。

初美は、いても片付けの邪魔をするだけなので、早々に二階へ追いやった。

姉がいなくなると要が傍に歩み寄ってきた。

「高田さんが帰ったら、話がしたい」

耳元に落とされた囁《ささや》きに、瀬那の胸の鼓動が速くなる。瀬那はこくんと一つ頷いた。

「わかりました。周ちゃんが帰ったらお店の外に出ませんか？」

二階の自宅部分には初美がいる。姉がいたら落ち着いて話もできないため、瀬那は夜の散歩を提案した。

要も二階に視線を向けてから、「そうだな」と頷いた。

「じゃあ、後で……」

「はい」

瀬那の返事を確認した要は、個室の掃除をするため店の奥に向かった。

――胸がドキドキする。

瀬那は高鳴る胸の鼓動を宥《なだ》めるために、心臓の辺りを手で押さえる。

小さく息を吐いて、夢の終わりを意識すれば、寂しさが瀬那の胸に押し寄せてきた。

もともと今夜、夢の時間を終わらせて、彼を現実に返そうと決めていた。予定通りと言えば、予定通りなのだ。

この先、要が瀬那との関係をどうするつもりなのか、それはわからない。

でも、話が終わったら、瀬那は要に想いを伝えるつもりでいた。

もう意地を張って、後悔するようなことはしたくない。

瀬那は胸の前で拳《こぶし》を握ると、自分に気合を入れた。

気持ちを切り替えて、今はいつも通り店内の掃除に精を出す。同時に普段通りの行動をすることで、冷静さを取り戻したかった。

「ごみを出してくる」

カウンターの拭き掃除をしていると、個室から出てきた要がごみ袋を手に声を掛けてきた。

「あ、すみません。私が……！」

「いいよ。瀬那はそのまま掃除を続けて。こっちのごみ袋も出していいやつか？」

「そうです」

「じゃあ、これもついでに持っていくよ。他には？」

カウンターの出入り口に集めていたごみ袋を、要が持ち上げて確認してくる。

「後は、厨房のごみだけです」

「そう。じゃあ、高田さんに聞いてくる」

そう言って、要は厨房に向かった。その背を見送って、瀬那は小さく嘆息する。

いつもと変わらない男の姿に、緊張しているのは自分だけなのかと思う。

相変わらず、要の感情は瀬那には読めない。

ふと、あの天真爛漫《てんしんらんまん》で、素直に感情を表現していた彼を思い出す。

どちらも同じ西園要という男なのに、感情の表現の仕方は全く違った。

——彼くらいわかりやすかったら、私もこんなに悩まないのに。

要は周大に声を掛けて厨房のごみを受け取ると、裏口から外に出ていった。

瀬那は拭き掃除を終えて、掃除道具を片付ける。そのまま店内の掃除と戸締りの最終確認をして、カウンターに戻ってきた。

そこにはすっかり帰り支度を済ませた周大がいた。けれど、ごみ出しに行ったはずの、要の姿はない。

「あれ？　西園さんは？」

瀬那の問いに周大は、困惑したように眉を寄せた。

「それがごみを出しに行ったまま帰ってこないんだよ」

「え？」

瀬那は時計を見上げた。要が外に出て十分近く経っている。ごみを出しに行くだけで、そんなに時間がかかるとは思えない。

——まさか倒れている？

事故の後、体はもうすっかりよくなったと油断していたが、今になって何か後遺症が出たのだろうか。瀬那の顔から血の気が引く。

「ちょっと、外を見てくる」

「そうだな。俺も一緒に行く」

瀬那の慌てように、周大も思うところがあるのか、一緒に厨房の裏口に向かった。

揃って外に顔を出すと、ごみ置き場の傍に人影が見える。話し声が聞こえてホッとした。

——お姉ちゃんと話してるの？

瀬那の位置からだと要の背中しか見えず、話し相手が誰なのかわからなかった。

けれど、こんな時間に瀬那の店の庭にいる人物なんて、初美くらいしか思い浮かばなかった。

要が体を動かした。外から差し込む街灯が、まるでスポットライトのように二人の姿を照らす。

要の首に、初美の白い腕が絡みついた。要に抱きつく姉に、瀬那は驚く。

初美が要を引き寄せ、二人のシルエットが重なった。目の前でキスをする二人に、瀬那の瞳が驚《きょう》愕《がく》で見開かれる。

「初美ちゃん……」

隣で、呆然とした周大の呟きが聞こえた。

要がすぐに初美を引き剥《は》がしたことで、このキスが要の同意によるものではないとわかる。

「お姉ちゃん!?」

初美を呼ぶ声に、咎《とが》めるような響きが宿る。

正直、ここまでするかと、瀬那は初美に呆れた思いを抱く。

――いくら何でもやりすぎよ！

瀬那から要を引き離すために、初美が体を張ったのがわかるだけに、瀬那は頭痛を覚える。

――今更なんだけど……お姉ちゃん……

要が他の女性と絡んでいる姿なんて、それこそ嫌と言うほど見てきている。

秘書をしていた頃の要は、遊び人と言っても過言ではなく、日替わりのように恋人を替えていた。

当時、恋愛に関して潔癖なところのあった瀬那は、そんな要の多情さが許せなくて、要に対する淡い恋心に早々に見切りをつけた。

初美にしたら、瀬那のそういう潔癖なところに期待して、要と別れさせようと行動したのだろう。

けれど、初美が要とキスをしたくらいでは、今の瀬那が揺れることはない。

ましてや、そこに何の感情もないとわかっているのだ。嫉妬よりも何よりも、初美に対する呆れの気持ちが真っ先に湧き上がった。

――それに、この人の傍には、今は私以外の女の人はいない。

瀬那はそのことを知っていた。これは牧瀬に確かめた事実だ。記憶喪失の要を預かるにあたって、瀬那は牧瀬に、今の要の女性関係に関しても確認していた。

親しくしている相手が誰かいるなら、その女性を傷つけたくなかったからだ。

しかし、牧瀬から返ってきた答えは、『今の社長の傍にいらっしゃる女性は、市原さんだけですよ』という答えだった。

最初は信じられなかった。けれど、実直な秘書である牧瀬が、瀬那に嘘をつくとも思えなかった。

それこそ牧瀬は、秘書時代の瀬那と同じように、要と四六時中一緒にいて、仕事面だけではなくプライベートまで把握していた。

その牧瀬が断言したのだ。今の要に恋人と呼べる人間は、瀬那しかいないと――

だから牧瀬は、瀬那が要の恋人だと断言していたのだ。

ポーカーフェイスが得意な男なのに、その眼差しだけは、いつも変わらなかった。

記憶を失う前も、今も瀬那が欲しいと、それだけを訴えている。あの眼差しを、瀬那はもう疑うことはなかった。

無駄に体を張った姉のパフォーマンスを瀬那が注意しようと思った時、それよりも先に動いた人間がいた。

「初美ちゃん！」

二人のキスシーンに呆然と固まっていた周大が、怒気を纏《まと》わせて初美につかつかと歩み寄っていったのだ。

出鼻を挫《くじ》かれた瀬那は、周大のいつにない様子に動きを止める。

周大に手を掴まれ、初美はうろたえたように相手を見上げた。

「いくら何でも、やっていいことと悪いことがあるだろ！」

周大が初美を怒鳴りつけるのを初めて見た。瀬那と要は呆気に取られる。

普段はその強面《こわもて》に反して、非常に穏やかな周大の意外な姿に、その場にいた全員が動けなくなった。

「しゅ、周大？」

誰もが声を発せない中、最初に我に返った初美が戸惑ったように、周大の名を呼んだ。

「何でこんなことしたの？」

周大がグイッと初美の腕を引き寄せ、顔を覗き込む。叱るようなその声音に、初美はびくりと肩を竦《すく》めた。

——こんな周ちゃんは、初めてかも……

それこそお互いにおむつをしていた頃からの知り合いだが、ここまで怒る周大なんて見たことはなかった。それは初美も同じだろう。

いつも初美相手にはことさら優しい男だけに、余計に戸惑い、おろおろしていた。

「これは……だって、二人のために……」

「二人って誰？　誰のためにこんな馬鹿なことしたの？」

「それは瀬那と周大のためを思って！　だから、そんな怖い顔しないでよ！」

問い詰められて、初美が叫ぶようにそう言った。

「何だそれ……俺と瀬那のため？　何の冗談？」

「冗談なんかじゃないよ！　だって、周大は瀬那が好きなんでしょう？　二人はお似合いだし、私は周大だったら、瀬那のことを任せられると思ってる。だから！」

「だから？」

「こいつが邪魔で！」

初美が要を指さして、必死な顔で説明する。初美の言葉を聞けば聞くほどに、周大の顔は険しさを増していく。

あまりに想像通りの初美の行動に、瀬那はますます頭が痛くなる。

――お姉ちゃん……

瀬那はため息をついて、周大と初美を止めようと二人に歩み寄った。

傍まで行くと要と目が合って、互いの顔に苦笑が浮かぶ。多分、想いは同じだろう。

「俺のために、わざわざ初美ちゃんが体を張って、この人を追い出そうとしたってこと？」

一言一言区切るように、周大が確認する。普段と違う周大の様子に、初美は焦ったような表情を浮かべて、口を開く。

「そうよ！　たかがキスだし、それでこいつを瀬那の家から追い出せるなら、安いもんでしょ！瀬那は潔癖だから、自分の姉に手を出すような男は、絶対に避けるもの」

さすが姉と言うか、そんなところはよく理解している初美に、瀬那は呆れたため息を吐く。

「お姉ちゃん、あのね……」

「馬鹿か！」

瀬那が何かを言う前に、周大が初美を怒鳴りつけた。初美が驚いて体を竦《すく》め、瀬那は口を閉じた。

「初美ちゃんは何にもわかってない！」

「周大？」

「俺が好きなのは瀬那じゃない！」

低く唸《うな》るような声で、周大が初美の思い込みを否定する。

「今更、隠さなくてもいいのよ？　私はちゃんとわかってるから」

「やっぱり何もわかってない！　俺が好きなのは瀬那じゃない！　初美ちゃんだよ！」

周大の突然の告白に、初美は「え……」と気が抜けたような声を発して固まる。

街灯が差し込むだけの薄暗い庭でも、初美の頬がみるみる赤く染まっていくのがわかった。

「え、嘘……だって、周大はずっと瀬那に優しかったじゃない。それに、それに、ずっとこいつを瀬那に近づけないようにしてたじゃない！」

初美が真っ赤になって叫ぶように反論する。

「それは初美ちゃんが言ったからだろう⁉　西園さんから瀬那を守ってくれって！」

「え、でも、でも！」

「でも、何？」

初美の反論に、被せる勢いで周大が言葉を発する。

「だって……だって……！」

初美は混乱した様子で、「でも」と「だって」を繰り返す。そんな初美を見下ろして、周大は自分を落ち着かせるために、大きく息を吐いた。

「初美ちゃんが、瀬那のことを大事にしているのは知っている。とんでもなくシスコンなのもだけど、これはやりすぎだ。俺が何で怒ってるのかわかる？」

「それは、私が勘違いしてたから？」

周大が何に怒っているのかわからない様子で、初美がおずおずと問う。

「違う」

「じゃあ、何？」

「初美ちゃんが自分を大事にしてないことに、俺は怒っているんだ！　たかがキス？　冗談じゃない！」

ムッと唇を引き結んだ周大が、拳《こぶし》を握る。射るような眼差しで、初美を見た。

「俺にとっては初美ちゃんのキスはたかがじゃないし、安売りしてほしくない！　もっと自分のことを大事にしてよ！」

「周大……」

「俺が腹立つのは、初美ちゃんのそういうところだよ！　瀬那のために体を張れる初美ちゃんのことは好きだけど、そのために自分を安売りするような初美ちゃんは嫌いだ！」

——熱烈だなー。

周大の告白に、瀬那は感心する。きっとこれくらい熱烈じゃないと、初美には伝わらない。

初美は周大の言葉に、返事もできずに固まっている。

そんな二人を見て、瀬那は一つ大きく息を吐いた。

「お姉ちゃん、周ちゃん」

瀬那の呼びかけに、二人がこちらを見る。初美はまるで助けを求めるような表情になっていた。

「あのね、お姉ちゃん。前にも言ったけど、私が好きなのは周ちゃんじゃない。この人なの」

そう言って、瀬那は要に寄り添う。そして、突然の告白に驚いている男の手を握った。今は要の顔を見る勇気はない。

「瀬那！　だからこいつは」

瀬那の宣言に、初美が再び般若《はんにゃ》みたいな顔になって、瀬那を止めようとしてくる。

「お姉ちゃんの言いたいこともわかる。でも、私はこの人が好きなの」

瀬那の言葉に、要が瀬那の手を握り返してきた。そのぬくもりに、勇気をもらう。

「瀬那！　騙《だま》されちゃダメ！　さっき見たでしょう、こいつはああいうことを平気でできる人間よ！　それに記憶喪失だって嘘ついてる」

「知ってる。この人が嘘つきで、誰とでも、ああいうことができる人だとしても、別にいいの。それは、私とこの人の問題」

瀬那の言葉に、要が反論するように、絡めた男の指先に力が籠《こも》る。

「瀬那！」

「たとえ傷つくことになったとしても、私はこの人の傍にいたいの」

姉を真っ直ぐ見て瀬那が宣言すると、初美は戸惑ったような顔をした。

「私は……瀬那に幸せになってもらいたいの……」

「知ってる。お姉ちゃんのその気持ちは、いつもありがたいと思っている。でもね、私はもう子どもじゃない。自分の幸せは自分で見つけられる年になったの。もし失敗しても、それはやっぱり私の問題なのよ」

「瀬那……」

泣きそうに顔を歪《ゆが》める初美に、瀬那は大丈夫だと安心させるように微笑む。

「もし、私が失敗して、自分の選択を後悔する時がきたら、その時は、お姉ちゃんに助けてほしい。だから、今は見守ってて？」

瀬那の言葉に、初美は納得できない様子で、口をむずむずさせている。そんな姉に、瀬那はにこりと笑う。

「それにね、私のことよりも、まずはお姉ちゃん自身の問題を解決した方がいいよ？　周ちゃんの告白にちゃんと返事をしてあげたら？」

初美が我に返ったように隣の周大を見た。その顔が赤く染まる。

「せ、瀬那！」

焦ったように初美が瀬那の名を呼ぶが、瀬那は笑みを深めるだけで、助けるつもりはない。

せっかくの周大の告白を無駄にするわけにはいかないし、そんなことさせるつもりもない。

この自由すぎる姉の楔《くさび》になれるのは、周大だけなのだ。

いい加減、姉には落ち着いてほしいし、周大の初恋も叶ってほしい。

「とりあえず、今日はこれで解散しよう。いつまでも庭で、告白大会でもないでしょう」

日付が変わろうかという時間に、自分たちは一体、何をやっているのかと思う。

――明日にはご近所中に噂が広がってそうだな。

そう考えると胃が痛くなってくるが、もうなるようにしかならないと開き直ることにした。

「周ちゃんと、ちゃんと話し合いなね」

「え、それはどういう意味……瀬那⁉」

「周ちゃん、お姉ちゃんのことよろしくね」

騒ぐ初美を無視して、瀬那は周大に初美のことを頼む。周大が初美の手を掴んだ。

「周大⁉」

初美が飛び上がるようにして、周大の名を呼ぶ。

「行こう。初美ちゃん」

真面目な顔をして、周大が初美の腕を引いた。

「い、行くってどこに？」

「うち。瀬那の言う通りだ。こんなところで騒ぐのは近所迷惑だし、お店の評判にも関わる」

腹をくくったのか、周大は初美の手をがっちりと掴んでいる。周大の本気を感じ取ったのか、初美は真っ赤な顔で、おろおろし始める。

ずっと弟分として扱っていた周大を、姉は初めて、男として意識していた。

——頑張れ、周ちゃん。

瀬那は心の中で、周大を応援した。周大が初美の手を掴んだまま歩き出す。

「せ、瀬那！」

焦った初美が、助けを求めるように瀬那に手を伸ばしてきた。

それに構わず、瀬那はにこりと笑って手を振る。

瀬那に自分を助ける気がないと悟ったのか、初美は観念したように体の力を抜いた。そして、周大に手を引かれるまま歩き出す。

周大と初美が、裏門から出て行くのを瀬那と要は黙って見送った。

二人の姿が見えなくなって、瀬那は大きく息を吐く。

「瀬那」

それまでずっと黙って成り行きを見守っていた男の顔を、瀬那は見上げる。

「まるで嵐だったな」

疲れたように吐き出された要の言葉に、瀬那は思わず小さく声を立てて笑う。

「本当に……」

笑いながら瞳を細めた瀬那の視界に、要の唇が入る。唇の端に擦れたような赤いルージュが残っているのが見えた。

多分、先ほど初美が口づけた痕《あと》だと気づいて、瀬那はムッとする。

瀬那は無言で、前掛けに引っ掛けていた手拭いを抜き取った。それで要の口元に残るルージュの痕《あと》を拭う。

要は瀬那が何をしたいのか察したのか、黙って屈《かが》んでくれた。

一度で綺麗に取れなくて、思わずぐいぐい力を込めて拭いてしまう。

痛みに要の眉が寄って、瀬那はハッと我に返って手を止めた。

「言っておくが、あれは俺の同意したものじゃない」

「知ってます」

瀬那は思わず要から視線を逸らす。

「嫉妬か？」

問われてムッとする。男の声が喜んでいる気がするから余計に。

「答えたくありません」

こんな時に意地っ張りな自分が顔を出す。要が笑った。

手拭いを持っていた手を引かれて、抱きしめられる。着物のせいか、普段の男とは違う匂いがした。ほんのりと白檀《びゃくだん》に似た上品な香りが鼻先を漂《ただよ》う。

広い胸にすっぽりと包み込まれて、ホッと安心する。

その時、つむじに要の唇が落とされた。

「気になるなら消毒するか？」

男が何を言いたいのか察して、瀬那の頬が急激に熱くなる。瀬那は男の胸に額をぐりぐりと押し付けた。

「ここは外なんですけど！」

「今更じゃないか？」

笑う男の声が体を通して響いてくる。何だかムカついて、瀬那は要の胸を拳《こぶし》でどんと叩くと、男の笑い声が深くなった。

「瀬那」

名を呼ばれて、顔を上げてしまったのは何故なのか——

キスをされるとわかっていて顔を上げたのは、男の声音に宿る自分への恋情を感じたからかもしれない。

それとも、やっぱり姉の触れた唇が気になったからか。

自分でも理由はよくわからない。どちらも理由のような気がするし、違う気もした。

ただ単純に、瀬那が目の前の男に触れたいとそう思っただけかもしれない。

視線を絡めた男の眼差しは、射貫かれるかと思うほどに強かった。

とろりと情欲を孕《はら》んだ蜜色の瞳に、瀬那はここが外であることを忘れた。

くらりと眩暈《めまい》を覚える男の色気に、瀬那は潤《うる》んだ瞳を閉じる。

唇を男の吐息がかすめ、瀬那は無意識に男の首に腕を回していた。口づけが下りてくる。

「んふ……」

舌が絡んで、溢《あふ》れた唾液を飲み込む。喉を滑り落ちていくそれに、体の芯が熱を持つ。

思わず頭を掻き抱くようにすれば、指先に男の柔らかな髪が触れて、瀬那は男の後ろ髪を乱す。

自然と口づけが深くなる。消毒と言うには深すぎる口づけは、いつまでも終わらない。

「ん、ん……も、ダメ」

口づけに溺《おぼ》れそうになって、瀬那は要の広い胸を押し返した。

息が上がって、腰が砕けそうだった。

「近所の人に見られたら……」

潤《うる》んだ瞳のまま、お願いだからこれ以上はやめてくれと、掠れた震え声で懇願する。

「それこそもう今更じゃないか？　さっきまであれだけ騒いでたんだし……」

要の言葉に、瀬那は羞恥《しゅうち》で真っ赤になる。声にならない悲鳴を上げて、その場に屈《かが》み込んだ。

状況も忘れて要の色気に堕ちた自分を、瀬那は深く恥じる。

告白合戦までは、まだなるようになるさと開き直っていたのに、キスをご近所の人に見られていたかもしれないと考えると変な汗が出てくる。

「明日からお店を開けられない」

顔を膝に埋め込んで思わずそう言うと、要も瀬那の前に屈《かが》み込んできた。後頭部に要の手が触れ、慰《なぐさ》めるようにポンポンと頭を叩かれる。

「まあ、この時間だし、ここは裏庭だから、大丈夫じゃないか？」

「他人事《ひとごと》だと思って！」

叫ぶ瀬那に、要は苦笑する。

「悪かったよ。とりあえず、中に入らないか？」

要の冷静な提案に、瀬那はこくんと一つ頷いて、立ち上がる。

だけど、顔は上げられず、真っ赤になったまま俯《うつむ》く。そんな瀬那の手を要が掴んだ。

要に手を引かれるまま店の中に入る。

「大丈夫か？」

問われても、瀬那は答えを返せなかった。

――何も大丈夫じゃない。

瀬那は無言で首を横に振る。

ふわりと要が瀬那を抱きしめた。自分を包むぬくもりに安堵を覚えて、瀬那は彼に体を預けた。

要が瀬那の背を宥《なだ》めるように撫でる。

大きく息を吐いた瀬那のつむじに、要の唇が落ちた。

「瀬那」

「何ですか？」

「明日、ていうか、もう今日か。牧瀬に連絡して、俺は帰るよ」

要の囁《ささや》きに、瀬那は息を呑んだ。

――今、この話をするのか。

瀬那は恐る恐る要の顔を見上げる。吐息の触れる距離で、二人の視線が絡む。

要はひどく穏やかな表情をしていた。

男の指が瀬那の乱れた前髪を梳《す》いて、整える。その優しい手つきに、泣きたくなった。

――夢の時間が終わる。

その実感に、瀬那は淡い笑みを浮かべる。

「そんな顔するな」

要が困ったように笑う。男の瞳に映る自分は、泣き笑いのような表情を浮かべていた。

「気づいてたんだろう？　俺の記憶が戻っているのに」

問われて、瀬那は「はい」と頷く。

「だって、西園さん。演技が下手《へた》くそなんだもの。記憶が戻った後、口調も表情ももとに戻ってて、それまでとは全然違ってた」

「そうか。それは気づかなかった」

瀬那の答えに要が苦笑する。

「だったら、どうして何も言わなかったんだ？」

「……それは、さっき言いました」

瀬那は再び要の胸に額を押し付ける。

――あなたが嘘つきでも、傍にいたいと思ったのだ。

初美に言った言葉に嘘はない。傷ついてもいいから、要のくれる夢の中に揺蕩《たゆた》っていたかった。

「そうだったな。さっきの瀬那は男前だった」

要の唇が、瀬那の額や頬に落ちてくる。瀬那は抵抗せずに、その唇を受け止めた。

「あなたは何で記憶喪失のふりをしていたんですか？」

瀬那の囁《ささや》くような問いかけに、要の唇の動きが一瞬止まる。

耳朶《じだ》に吸い付いた男の唇が、言葉を紡《つむ》ぐ。

「瀬那が好きだから、この時間を手放したくなかった」

感情を隠すのがうまい嘘つきな男とは思えないストレートな告白に、一瞬で、瀬那の体温が上がった。

痛みを感じるほどの力で、抱きしめられる。胸の鼓動が跳ね上がって、息苦しさを感じた。

「なあ、瀬那……今は瀬那しかいない。欲しいのは瀬那だけだ」

掻き口説くような男の言葉に、瀬那はくすりと小さく笑い声を立てる。額を押し付けた胸から男の鼓動の速さを感じて、緊張が伝わってきた。

「知ってる」

強気な言葉で返して、瀬那は俯《うつむ》いていた顔を上げた。男の真剣な眼差しが、真っ直ぐに瀬那に向けられていた。

「瀬那が好きだ。これからも俺の傍にいてほしい」

要の唇の動きを瀬那は何も言わずに見ていた。

ずっと聞きたかった言葉だ。瀬那は要の特別になりたかった。替えがきく存在ではなく、市原瀬那として、目の前の男に必要とされたかった。

その願いが今、叶おうとしている。

一度は、諦めた恋だった。けれど、諦めきれずにずっと心の片隅で眠り続けていた。その恋が今、要の告白で綺麗に花開こうとしている。

「私もあなたの傍にいたい。好きです」

瀬那の告白に男が柔らかに微笑んだ。見惚れるほどの美しい表情に瀬那は瞼《まぶた》を閉じる。

唇に男の吐息を感じた。すぐに激しくなった口づけに、瀬那の吐息は奪われた――

緩んでいた唇の隙間から舌を差し込まれ、口腔内《こうこう》を蹂躙《じゅうりん》される。

執拗《しつよう》に口蓋《こうがい》を舐《な》められ、とろりとした甘いものが流れ込んでくる。それが彼の唾液だと気づくよりも先に、飲み込んでいた。

それはまるで媚薬《びやく》だ。体の奥に熾火《おきび》のように灯っていた情欲の炎が、ゆらりと音を立てて膨れ上がった。

歯の先で軽く噛むようにして、瀬那の舌先が男の唇の中に引きずり込まれる。

男の肉厚で柔らかな舌に導かれるように、互いの舌を絡め唾液を啜《すす》る。

「んう、……ん、んぅ！」

強く舌を吸われて、男の口の中で瀬那の声が溶けた。

飢《う》えた粘膜を、擂り合わせ、互いにキスを深めていく。

その瞬間、背筋を滑り落ちる悦楽《えつらく》に膝から力が抜ける。大きな手のひらで尻の丸みを掴まれて、そのままぐいっと引き寄せられた。

腹部に男の欲望を押し付けられて、瀬那の顔は赤く染まる。

長い口づけだった。合間に響くのは、互いの舌を舐《な》め合う淫靡《いんび》な水音と、身じろぐ瀬那の衣擦れ、それから時折漏れる声だった。

熱で頭が溶けそうだ。瀬那は男の広い背に縋《すが》り、着物を掴んで崩れそうな体を何とか支える。

浅ましく喉を鳴らして男の唾液を嚥下《えんげ》する。ぐっと尖らせた舌を喉奥に入れられて、瀬那がむせ込んだ。

「んん……ぅん」

唇が離れると、しつこく絡み合わせていた舌が痺《しび》れているような気がした。

呟き込む瀬那の背を男の手が撫でる。そんな些細《ささい》な感触にも、肌がざわめいた。

「……瀬那……」

情欲に潤《うる》んだ男の眼差しに見つめられて、目の前の男のすべてが欲しくなる。

声も、触れ合う肌も、その綺麗すぎる顔も、何もかも独占したい——

瀬那は男の頬に手を伸ばす。滑《なめ》らかな男の肌に触れて、指を滑らせる。

その仕草に男がくすぐったそうに笑った。

「本当に、俺の顔を触るのが好きだな」

いつも無意識に男の顔に触れてしまう。男の顔を触るのが好きというよりも、この男の顔が好きなのだと思う。

——案外、私って面食いだよね。

「あなたの顔が好き……」

「好きなのは顔だけか？」

面白そうに笑った男が、自分の顔を触る瀬那の手を掴んで止める。

「一つ覚えておいた方がいい。こういう触られ方をしたら、俺は煽《あお》られる」

色気を孕《はら》んだ声音で囁《ささや》かれ、ついにがくりと瀬那の膝から力が抜けた。軽々と瀬那を抱き上げた男の首に縋《すが》って、瀬那は大人しく体勢を安定させる。

男が何を求めているのか、言われなくてもわかった。

いつかの夜と同じように、要が瀬那を抱き上げたまま、自宅に繋がる階段を上《のぼ》る。

瀬那の部屋に向かおうとした男に、瀬那は「シャワーを浴びたいです」と小さな声でお願いする。

「必要ない」

「お願いします。仕事で汗かいてるから……！」

この先の行為を拒絶するつもりはない。けれど、一日働いた後の体だ。せめて汗くらい流したかった。

「だったら一緒に入るか」

瀬那の必死な叫びに、男が行く先を瀬那の部屋から風呂場へと変更する。けれど、言われた内容は、瀬那には受け止めきれないもので、言葉にならない悲鳴を上げた。

――そういうことじゃない！

瀬那は男の腕の中でじたばたと暴れたが、男は構う様子もなく瀬那を風呂場に連れ込んだ。

脱衣所の中で下ろされる。

「一緒って！　ちょっと待って！　無理！」

「別に今更だろ」

焦る瀬那に要がにやりと笑う。この数日で、すっかり女性の着物の構造を理解した男は、躊躇《ため》らいもなく帯締めを解いた。

どさりと音を立てて、瀬那の背でお太鼓《たいこ》が崩れる。抵抗する間もなく帯上げが抜かれ、帯枕《まくら》のガーゼを外された。

次いで腰紐《ひも》が外され、着物が脱がされる。ここまできたら瀬那も諦めるしかない。男が譲るつもりがないのがわかりきっていたからだ。

長襦袢《ながじゅばん》が落とされて、一瞬だけ男の手が止まる。タオルを巻いた自分の姿を見下ろして、二人同時に声を立てて笑う。

「後は自分で脱ぎます」

「これはこれで面白いから、じっとしてろ」

男の手がタオルを押さえていた紐《ひも》にかかり、結び目を解く。先に素肌を晒《さら》した瀬那が風呂場に入って、シャワーのお湯で浴室を温める。

その間に、要が手早く自分の着物を脱いだ。

いっそこのまま男を締め出してしまおうかと思ったが、瀬那が動くよりも早く要が、風呂場に入ってきた。

要はボディソープのボトルに手を伸ばし、手のひらでそれを泡立て始めた。

その手で瀬那の体に触れる。ぬるりとしたボディソープの感触に、瀬那の肌が粟立《あわだ》った。

「くすぐったい」

瀬那は体を竦《すく》めて、男の手のひらから逃げようとするが、要の手は止まらない。

肌の上を滑らせるようにして、全身に泡をつけていく。羞恥《しゅうち》と悦楽《えつらく》に耐えられなくて、瀬那は男に背を向けた。けれど、すぐに瀬那はその選択を後悔することになる。

「逃げるな。まあ、これはこれで俺には美味《おい》しいけどな」

背後から覆《おお》い被さってきた男が、瀬那の耳朶《じだ》に吸い付いたまま囁《ささや》いてくる。

男の言葉の意味がわからずに、瀬那は首を傾げる。そんな瀬那の反応に、要が「前を見てみろ」と促《うなが》した。

言われるまま顔を上げた瀬那は、声にならない悲鳴を上げる。

そこには壁付けになった大きな鏡があり、二人の姿が映し出されていた。

背後から要に抱き込まれ、快楽に蕩《とろ》けた顔を晒《さら》す女と目が合って、瀬那の羞恥《しゅうち》心が限界を超えた。

顔から爪先まで全身が一気に赤く染まる。

目の前にある鏡に映る瀬那の様子を眺めて、要が悪辣《あくらつ》な男の顔で笑う。

後ろから回された手が、泡に塗《まみ》れた瀬那の肌の上を這《は》い始めた。

胸を掴まれて、頂《いただき》が摘《つま》まれた。鋭く走った快楽に、瀬那は背を仰《の》け反《ぞ》らせて、甘い悲鳴を上げる。

「やあ！　だ……め！」

恥ずかしさに瀬那は首を振って逃げようとするが、男の手はそれを許してくれない。

「見ないで！」

「隠すなよ。見たいんだ」

もがく体を抑え込まれて、両手を取られた。何をするのかと思えば、男は瀬那の両手を鏡につかせた。

すぐ間近で自分の痴態《ちたい》と向かい合い、たまらずに瀬那は強く瞼《まぶた》を閉じる。

「やあ！」

首を振って嫌がる瀬那の耳朶《じだ》を男の唇が食《は》む。

「目を開けるんだ瀬那。ちゃんと自分を見ろ。綺麗だよ」

甘い声でとんでもないことをねだる男に、理性が崩れていきそうになる。

結局、男の甘い懇願に瀬那は瞼《まぶた》を開けてしまう。目の前に興奮で蕩《とろ》けた顔をした自分が映っている。

要の手が動くたびに、瀬那は甘い声を上げた。

羞恥《しゅうち》で理性が焼ききれそうだ。瞼《まぶた》を閉じてしまいたい。

そう思うのに、瀬那は瞼《まぶた》を閉じられなかった。自分の体の上を滑《なめ》らかに這《は》い回る男の指の動きから目が離せなかったからだ。

「んっ……」

一度、みぞおちの辺りまで下りた男の手が、下から瀬那の乳房をやわく押し上げるように持ち上げた。

男の指先が、瀬那の胸の頂《いただき》に触れるか触れないかの辺りで蠢《うごめ》き、もどかしい刺激を与えてくる。

物足りないと、首を横に振れば、小さく笑った男が瀬那の欲望を叶えるために動き出す。

ゆっくりと円を描くように、硬く立ち上がった胸の頂《いただき》を押し潰された。

「ふっ……う……」

爪先に甘い刺激が走る。

首筋を柔らかく食《は》みながら、男の手が瀬那の乳房を弄《もてあそ》ぶ。

男の手の中で、瀬那の乳房が形を変え、男の好きなようにこねられた。

要の指が的確に瀬那の弱点に触れ、瀬那の体に快楽の芽を植え付けていく。

男の長い指が瀬那の乳房を掬《すく》い上げ、胸の頂《いただき》を摘《つま》んでは弾く。

「あ……あぁ！」

悲鳴は浴室に反響して、より大きくなった。

恥ずかしさに、腰を捩《よじ》る。反射的に逃げを打つ体を、しっかりとした腕に捕らえられる。

瀬那を軽く抑え込んだ男が、「動くな」と耳に囁《ささや》きを落とす。

静かに笑って見下ろされ、背筋がぞくりと震えた。浴室の熱気に、軽く汗ばんだ頬を上気させ、片方だけ細めた目の奥で、ひどく獰猛《どうもう》な光を散らしているのが見えた。

チョコレートのように蕩《とろ》けた男の瞳に、瀬那の心が騒ぐ。

——ああ、私を欲しがる男の瞳だ……

瀬那は無意識に男の頬に手を伸ばす。要が柔らかに目元を緩ませ、瀬那の悪戯《いたずら》な手を捕らえた。そのまま指先を口に含まれて、瀬那は身を竦《すく》ませる。艶冶《えんや》に笑った男が瀬那の指を舐《な》めしゃぶる。淫蕩《いんとう》な男の雰囲気と指先を舐《な》める男の舌の感触に、瀬那は声にならない声を上げる。翻弄《ほんろう》される女の様を見下ろして満足したのか、指が解放された。

男の手が腹部に当てられ、ゆっくりと下りていく。シャワーと泡で濡れた茂みを、男の指が梳《す》き流す。際どい場所への愛撫《あいぶ》に、瀬那は背を仰《の》け反《ぞ》らせた。

首筋に男の唇が這《は》い、赤い花を咲かせていく。

男の指がさらに下り、すでに硬く立ち上がり、半分顔を出していた花芽を挫《くじ》かれた。

「ひゃあ！」

すぐに秘所へ指が差し込まれる。そこはすでに蜜を溢《あふ》れさせていた。

飢《う》えた粘膜が、男の指を歓喜をもって迎え入れた。

耳に舌を押し込まれ、濡れた音を聞かされる。同時に、深く差し入れられた指が、中を探るように動いて、瀬那の全身に鳥肌が立った。胎《はら》の奥から蜜が滴《したた》り落ちる。

「……やぁあ！……っ！」

すぐに二本目の指を咥《くわ》えさせられた。淫《みだ》らな水音を立てて、男の指が瀬那の中を解そうと動く。隘路《あいろ》を押し開き、中をかき回す。指で引き伸ばされた蜜襞が、どうしようもない悦楽《えつらく》を瀬那に与えてきた。

びくびく腰が跳ね、息が荒く乱れる。速まっていく淫蕩《いんとう》な指の動きに、意識の全部を持っていかれそうになる。

「……ああ、は……ぁん」

「すごく気持ちよさそうだな。瀬那」

男の囁《ささや》きに反応して、瀬那は鏡に映る自分を見る。

湯気と二人の発する熱気に、鏡が白く曇っていた。

そこに映る自分は、快楽に蕩《とろ》けた女の顔をしていた。

視覚と触覚の両方から、要に犯されている。

実際に、直接触れる手だけではなく、鏡に映る二人の姿にも瀬那は興奮していた。

瀬那は背後の男を振り仰いだ。男の髪の先からシャワーの湯が伝い落ちてくる。

その雫《しずく》を追うように男の唇が下りてきて、こめかみと眦《まなじり》が触れた。

「キス……」

喘《あえ》ぎながら、瀬那は男の唇を欲した。口づけはすぐに与えられた。

舌が絡んで、互いの吐息を奪い合う。必死に男の舌を吸い上げれば、秘所に潜《もぐ》り込んでいた男の指の動きが激しさを増した。

「ああ……!」

男の巧みな愛撫《あいぶ》に、瀬那の腰が躍る。熱気と快楽に朦朧《もうろう》とする間に、ねっとりと絡め合っていた舌が解けた。

体が疼《うず》いてたまらない。男の指を咥《くわ》え込んだ場所が、それだけでは足りないと訴える。

「……もっと」

「ん?」

「もっと欲しい……」

熱に浮かされるまま、瀬那はその先の行為をねだる。

鏡に手を突いた瀬那は、男に向かってそっと腰を突き出した。

了承の言葉はなかった。ただ、男は鏡に突いた瀬那の左手を上から大きな手で覆《おお》った。ぴったりと背後から覆《おお》い被さってくる要の鼓動を、背中で感じる。触れ合った皮膚を通してダイレクトに伝わる鼓動は、まるで早鐘のように強く速くなっていた。

荒れた息遣いと熱を上げた肌が、男の興奮を伝えてくる。

「ね……はや……く」

「瀬那……」

もどかしさに腰が動く。それを制するように男の右手が瀬那の腹部に回された。

「焦るな……」

男が唇から頬に口づけ、瀬那の頬を舐《な》めた。

「ん、ん、だって……ほ……欲し……ぃ」

男の昂《たかぶ》りに自分の腰を押し付けて、それが欲しいのだと訴える。

今、自分がどれだけ淫《みだ》らな真似をしているのか、熱に浮かされた瀬那には自覚がない。

瀬那の痴態《ちたい》に煽《あお》られた男の瞳が細められる。広げた足の間に、熱いものがぴたりと当てられた。

期待に瀬那の喉が音を立てる。

「あっ！　ひゃああ！」

来たと思った瞬間に、腰を強く引き寄せられて、一息に最奥《さいおう》まで貫かれる。

ずん、と音を立てて奥まで貫かれた瞬間、目の前で白い火花が散った。

衝撃に目を瞠《みは》った瀬那の体が、魚のようにビクンと跳ねる。

胎《はら》の奥が歓喜にうねり、蜜襞が男の昂《たかぶ》りに巻き付く。挿入された衝撃で、瀬那は一気に絶頂の波に呑み込まれた。

「ひ……ん、んんぅ」

「はぁ……すごいな……搾《しぼ》り取られそうだ」

男の囁《ささや》きが耳朶《じだ》に落とされる。

「もっと緩めてくれ……これじゃ、動けない」

そんなことを言われても、力の抜き方なんてわからなかった。快楽で体に力が入り、痙攣《けいれん》するように震えている。自分ではどうすることもできなかった。

唇を噛み締め、息を止める瀬那に気づいた男が、背後から瀬那の顎《あご》を掴んだ。

唇を無理やりこじ開けられ、その隙間に男の指が潜《もぐ》り込む。

息苦しさに瀬那は大きく口を開けて、息を吸い込んだ。呼吸を始めたことで、自然と体に入った力が緩む。

それを見て取った要の腰が動き出す。絡みつき、締め付けてくる蜜襞の感触を楽しむように、ゆっくりとそれが行き来し始める。

「ひ……ん、んんぅ！」

「苦しいか？　瀬那？」

問われて瀬那は首を横に振る。確かに苦痛を感じていたが、それは感じすぎるがゆえだった。

「気持ちいい！」

「すごいな……瀬那の中がうねって、絡みついてくる」

「ん、ん、はげし……ぃ」

だんだんと要が瀬那を穿《うが》つ動きが、速くなっている。

繋がった場所が、シャワーの水音に負けない、粘ついた淫《みだ》らな音を立てていた。

腰を支えていた要の片手が、這《は》い上がって瀬那の乳房を鷲掴《わしづか》みにする。

胸の頂《いただき》を摘《つま》み上げながら、卑猥《ひわい》な動きで胎《はら》の奥を突いた。

「あ、あ、一緒……しゃ……」

「気持ちいいだろう？　瀬那の中がさっきよりきつくなった」

意地悪な声で、囁《ささや》かれる。

要の手で硬く立ち上がり、腫《は》れたそこを揉み潰すように弄《もてあそ》ばれた。

正直すぎる瀬那の秘所は、感じるたびに中にいる要をぎゅうぎゅうと締め付ける。

「瀬那……っ」

要が息を乱し、甘く掠れた声で瀬那の名前を呼ぶ。

求められていると実感し、瀬那の胎《はら》の奥が蕩《とろ》けていく。

「好きだ……」

「ん、ん、私……も……」

涙腺が緩み、ぼろぼろと涙を溢《あふ》れさせながら、瀬那は男の言葉に応《こた》えるように、背後を振り仰いだ。

口づけを交わし合ったまま、二人は快楽の階《きざはし》を一緒に上《のぼ》る。

収縮を繰り返す蜜襞を、硬いもので擂り上げられるたびに、どうしようもない愉悦《ゆえつ》が瀬那の全身を駆け抜けていく。

「ん……ぅ、は……、はぁ……っ！」

全身がまるで痙攣《けいれん》したように震える。

快楽で泣きながら、瀬那は腰を震わせた。

項《うなじ》に要の荒い息が吹きかけられる。一際強く胎《はら》の奥を突かれて、瀬那は達した。

「あっ、ああぅ、あぁぁぁ！」

甘い悲鳴を上げながら背を仰《の》け反《ぞ》らせて、瀬那はまるで陸に上げられた魚のように、全身をびくびくと跳ねさせる。

胎《はら》の中で要の欲望が大きく膨れ上がるのがわかった。直後、濡れて絡みつく蜜襞の中に、熱い飛《ひ》沫《まつ》を吹きかけられる。

胎《はら》の奥を濡らされる感覚を最後に、瀬那の意識はふつりと途絶えた。


次に目覚めると、瀬那は自分の部屋のベッドの中にいた。

「目が覚めたか？」

要が安堵した様子で、瀬那の顔を覗き込んでくる。

自分の状況が思い出せずに、瀬那は瞳を瞬《また》かせた。

「風呂場で倒れたの覚えてるか？　多分、のぼせたんだと思う。動けそうなら水分を取った方がいい」

要の言葉に、瀬那は意識が落ちる前の状況を思い出した。カッと顔が熱くなる。

自分の痴態《ちたい》を思い出して、瀬那は思わず布団の中に潜《もぐ》り込んだ。動いた途端に体中が、筋肉痛のような痛みを訴えてきて、先ほどのあれが夢でも何でもなかったことを、思い知らされる。

――ああ、もう！　もう！　恥ずかしい！

忘れていた羞恥心《しゅうち》が、一気に蘇《よみがえ》ってきて、瀬那は声にならない悲鳴を上げる。

「瀬那？」

「今日は店を臨時休業にします！」

心配する要に、瀬那は唐突にそう宣言した。束の間、沈黙が落ちた後、要が笑い出す。

布団ごと瀬那は要に抱きしめられた。

「いいんじゃないか？　あっちもどうなっているかわからないし」

要の言葉に、瀬那は布団から顔を出す。

「そういえば、お姉ちゃんたちどうなったかな？」

「さあ？　まあ、そう悪い結果になるとは思わないから、大丈夫じゃないか？」

「ですかね？」

「ああ。俺たちが心配しても仕方ないし、なるようになるさ。とりあえず、瀬那は起きて、少し水分を取った方がいい」

そう言われて、今度は大人しく起き上がる。瀬那は要が部屋着にしていたTシャツを素肌に着せられていた。

要に、キャップを外したペットボトルのミネラルウォーターを渡される。

受け取った瀬那は、それに口をつける。喉を滑り落ちていく水の感触に、自分がひどく喉が渇いていたのだと実感した。

ごくごくと喉を鳴らして水を飲み、ほっと息を吐く。

「大丈夫か？　体におかしいところはないか？」

問われて、瀬那は大丈夫だと頷くと、「そうか。よかった」と要は安堵したように表情を緩めた。

きっと要は、瀬那が意識をなくしてから、ずっと心配して様子を見てくれていたのだろう。

甲斐甲斐しい男に、素直に世話をされながら、瀬那は小さく微笑む。

差し出された手にペットボトルを渡す。要はそれをベッドサイドに置いた。

「今日を臨時休業にするにしても、まだ起きるには早い時間だし、もう少し寝てろ」

要が瀬那の前髪を梳《す》いてそう言ってくる。その気持ちよさに瀬那は、目を細めて頷いた。

素直にベッドに横になりながら、瀬那は目覚まし時計で時間を確認する。

朝の四時になろうとしていた。部屋の中にうっすらと朝日が射し込んできていることに気づく。

――うん。もう今日は休みにしちゃおう。後で、周ちゃんに連絡しなきゃ。

瀬那がそう決めたのを見透かしたように、瀬那のスマートフォンがＳＮＳの着信を告げた。

瀬那は要に頼んで、スマートフォンを取ってもらう。

メッセージの送り主は周大だった。

『悪いが今日は、仕事を休ませてくれ』

幼馴染からの以心伝心のメッセージに、瀬那はくすりと笑う。

「こんな時間に誰だ？」

瀬那の表情が気になったのか、要が問い掛けてくる。

「周ちゃんからです。今日は、店を休ませてくれって……」

「ふーん。だったら、あっちもうまくいったんじゃないか？」

瀬那の隣に横になりながら、そう言った要に瀬那の頬も緩む。

「だといいなー」

「夜が明けたら、結果がわかるだろ」

「そうですね」

頷いて、瀬那は要の肩のくぼみに、頭を預けた。

背中に腕が回されて、瀬那はホッとして瞼《まぶた》を閉じた——

エピローグ

要が事故に遭って一か月後――

「行ってくる。今回は台湾だから、三日後に帰ってくる」

「はい。気をつけて」

瀬那は海外支店の視察に向かう要を、見送るために玄関に出ていた。

あれから要は、今の生活のままでは、お互いの時間が取れないという理由で、瀬那の家に転がり込んできた。

今は瀬那の家から仕事に行っている。今日は事故後初の海外出張に出る予定だった。

しかし、いつまでも玄関の外に出ようとしない要に、瀬那はどうしたのかと首を傾げる。

瀬那の手が掴まれて、引き寄せられる。

「見送りが素っ気ない」

耳朶《じだ》に拗《す》ねた男の囁《ささや》きが落ち、瀬那は呆れた笑い声を漏らす。

「馬鹿」

そう言って、瀬那は男の唇に触れるだけのキスをする。

「足りない」

もう一度触れてこようとする男の唇を、瀬那は手のひらで遮《さえぎ》った。不満そうに唸《うな》る男ににこりと微笑んで、瀬那は「続きは帰ってきてからにしてください」と告げる。

すると、手のひらに舌を這《は》わされて、瀬那はくすぐったさにぱっと手を離す。

要の手が再び瀬那の腕を掴んで引き寄せた。

「今の言葉、絶対に忘れるなよ？」

そう言って、要は瀬那の唇も同時に奪っていく。

「ん……ぅう」

朝からするには濃厚な口づけに、瀬那は要の肩を叩く。しばらくして、ようやくキスが解ける。

「三日後を楽しみにしてる」

「馬鹿！　今ので、帳消しです！　牧瀬さんが待ってますよ！」

瀬那は要の体を押して、玄関の外に押し出す。要は笑い声を上げて、素直に外に出ていった。

「家の見取り図ができたと連絡が来てたから、出張から帰ったら一緒に設計士のところへ行こう」

そう言って振り返らずに手を振った要は、迎えに来た牧瀬の車に乗り込んでいった。

それを見送って、瀬那は大きくため息を吐く。

あれから色々なことがあった。まず第一に、要に脅迫状を出していた轢《ひ》き逃げ犯が捕まった。

犯人はセクハラやパワハラで訴えられ、解雇されていた元エリアマネージャーだった。

解雇されたことを逆恨みした男は、社長の要を狙ったらしい。

犯人が捕まって、瀬那は安堵に胸を撫で下ろした。

もう一つ大きく変わったことは、初美と周大だろう。あの日、周大は長年の初恋を成就《じょうじゅ》させた。それでも往生際《おうじょうぎわ》悪く、逃げ回ろうとする初美を捕まえて、その日のうちに両親のもとを訪れた周大は、正式に結婚を申し込んだ。両家祝福のもと、来年の春には結婚式を挙げることになっている。

最後に要だが、さすがお金持ちと言うか何と言うか、彼は瀬那と結婚するにあたって、店の傍に土地を買って家を建てる決断をした。

その家が完成する頃に、瀬那は要と結婚する予定になっている――

支度を終えた瀬那は店に下りる。

「おはよう、周ちゃん」

厨房にいる周大に声を掛けると、「おはよう」と返ってきた。

今日もいつも通りの日常が始まる。店の掃除を終えた瀬那は、のれんを掲《かか》げるために、外に出た。

瀬那は、初夏の日差しが降り注《そそ》ぐ空を見上げた。

そこには、梅雨《つゆ》の晴れ間の真っ青《さお》な空が広がっている。

「今日は暑くなりそう」

そう呟いて、瀬那は店の中に戻った。

嘘つきたちの夢の時間は呆気ないほど簡単に終わりを告げたが、新しい時間が甘い幸福と共に始まった――

番外編　シーツの波間に溶ける休日

真夏の強い日差しが降り注《そそ》ぐ庭で、瀬那は洗濯物を干していた。

爽《さわ》やかな風が吹く中、はためく洗濯物に、目を細めて微笑む。

「物好きだな。せっかくの休みなんだから、家事も休んでしまえばいいのに」

洗濯物を干すのを手伝ってくれていた要の言葉に、瀬那は横にいる男を見上げる。

「せっかくの洗濯日和《びより》だし、たまには自分でやりたいんです」

瀬那の言葉に要が仕方ないといった風に笑った。そんな顔をしながら、要は長い腕を活かして、物干しにシーツを広げてくれている。

要が瀬那の店の傍に土地を買い、家を建てて早三か月が経とうとしていた。今、要と瀬那はこの家で暮らしている。

普段の家事は二人とも仕事が忙しいため、週に三日ほど家事代行サービスを利用していた。

最初は、できるだけ家事も瀬那が担《にな》うつもりでいたが、要の建てた家は瀬那の手に余るほどに大きかった。とても自分一人で管理できるとは思えず、要の提案通り家事代行サービスを利用することに頷いた。

けれど、休日の今日。晴れ渡った空を見上げていたら、急に洗濯がしたくなったのだ。

家中のシーツやカーテンといった大物を、次々洗濯機に放り込んでいく。

要はそんな瀬那を呆れたように見ながら、付き合ってくれていた。

「せっかくこんなに天気がいいんだし、どこかに出かけなくてよかったのか？」

「うーん。どこかに行くよりは、家でのんびりしてる方がいいです」

世間は三連休。こんな天気のいい日は、きっと行楽日和《びより》ということで、どこも人で混み合っているることだろう。

わざわざ人混みの中に出ていくよりも、せっかく二人の休日が重なった今日は、家でのんびり要と過ごしたかった。

他愛《たあい》のない話をしながら家のことをして、二人で過ごすこの時間が、瀬那にとっては何より愛おしいものだった。

「そういう割に、朝からずっと洗濯で動き回っているな」

「だって、洗濯日和《びより》なんですもの」

もう一度、同じ返事をした瀬那に、要が柔らかく笑った。夏の日差しに照らされた男の笑みが、瀬那の心を甘く揺らす。

「だったら、さっさと全部干してしまおう」

「はい」

瀬那は笑って、洗濯籠《かご》に手を伸ばす。全部の洗濯物を干し終えたのは、昼も近い時間だった。

要が台所に立ち、昼食を作り始めた。食欲をそそるいい匂いが辺りに漂《ただよ》い始めていた。料理上手で手際のいい男に瀬那の手伝いなど必要なく、瀬那はただカウンターに座り、要が料理をする様子を眺めていた。

彼の持つフライパンの中で、焼き目の綺麗なパンケーキが膨らんでいる。

皿にパンケーキが重なっていき、それが三段になったところで、「冷めないうちに食べていいぞ」と、要が瀬那に皿を渡してくる。

「ありがとうございます」

礼を言って、瀬那はカウンターに皿を置く。綺麗なきつね色のパンケーキとスモークサーモンのサラダに、カットされたフルーツ数種類が彩《いろど》りよく載っていた。追加で野菜たっぷりのミネストローネスープの入ったカップも渡される。

どこぞの専門店のような盛り付けに、瀬那は感心するしかない。

小さなピッチャーにはちみつが入っていて、瀬那はそれをパンケーキに回しかけた。

フォークで一口大にパンケーキを切り、たっぷりとはちみつを纏《まと》わせて口に入れる。

途端に、ほろりとパンケーキが溶けた。口の中で、バターの塩味とはちみつの甘味がほどよく混ざり合う。

「美味《おい》しいです！」

満面の笑みでそう言う瀬那に、自分の分のパンケーキを焼いていた要が満足そうに頷いた。

「そうか。それはよかったな」

以前では考えられないほど、今の二人の生活は穏やかだ。

洗濯も昼食も終えた二人は、リビングのソファの上で珈琲《コーヒー》を片手にくつろいでいた。

暖かな日差しが射し込む中、満腹なこともあって、珈琲《コーヒー》を飲んでいても眠気が襲ってくる。

うとうとする瀬那の髪を、要が指に絡めて弄《もてあそ》んでいる。髪を引かれる感触が気持ちよくて、瀬那は好きにさせていた。

「眠いのか？」

「……少し」

瀬那の答えに、要が手にしていたマグカップを取り上げた。そのまま、抱き上げられる。

「要さん？」

とろりと微睡《まどろ》んでいた瀬那は、要の行動に目を瞬《またた》かせる。

「寝るなら寝室に」

「はい」

要の言葉に頷いて、瀬那は男の腕に素直に身を預ける。要に寝室に運ばれる間、ゆらゆらと揺れる浮遊感が瀬那の眠気に拍車をかけた。

ベッドにそっと下ろされる。今朝変えたばかりのシーツからは、洗剤のいい匂いがした。

瀬那は目を閉じたままシーツの上でゆっくりと体を伸ばす。

要が背後から瀬那を抱きしめてきた。一緒に昼寝をするのかと思ったら、男の手は瀬那の部屋着にしているワンピースの中に忍び込んでくる。

「ん……ぅ」

首筋の黒子《ほくろ》に口づけられ、淡い感触に瀬那の肌が震えた。

「……するんですか？」

「嫌か？」

そう問うくせに、きっと要は断られるとは思っていない。

男の手は明確な意図をもって、瀬那の体の上を這《は》っている。いつ男の欲情のスイッチが入ったのか、瀬那にはわからなかった。

いまだ眠気が強く、瞼《まぶた》が開かない。けれど、男の手が嫌かと問われれば、そんなことはなかった。

まるでマッサージでもするように、ゆっくりと触れてくる男の手が気持ちいい。

「……嫌じゃない」

「そうか」

瀬那の返事に要が笑ったのがわかった。瀬那の許可を得たせいか、男の手が瀬那の乳房を掴む。

眠気のせいか、快感はひどく鈍い。

まるで薄布一枚挟んだような、もどかしさがある。けれど今の瀬那には、それがちょうどよかった。

ゆるゆると高められている快感に、瀬那は大きく息を吐く。

頬に、耳に、首筋に、唇が押し付けられる。きつく吸われるわけではない淡い感触は、ただただ気持ちよさだけを瀬那に与えてくる。

「ん、ん……」

きゅうと胸の頂《いただき》が、立ち上がる感覚がした。まだ触れられていないその場所が、期待に硬く強《こわ》張《ば》っている。

じわりじわりと肌の内側に熱が灯る。瀬那の乳房の柔らかさを楽しんでいた男の指が、周辺を撫でながら中心に近づいてきて、そろりと乳首を摘《つま》んだ。

「ん！」

突然の刺激に瀬那は短く声を上げ、反射的に仰《の》け反《ぞ》った。

耳の後ろにひたりと唇が押し付けられ、ぴりっとした刺激が与えられる。

「……痕《あと》、つけないで……」

「大丈夫だ。つけてない」

そう囁《ささや》かれるが、男の言葉は信用できない。瀬那が見えないのをいいことに、たまにとんでもないところに痕《あと》をつけているのだ。でも、今の瀬那に確かめる術《すべ》はない。

男の手が乳房から腹の上を辿《たど》り、閉じた足の間に忍んできた。

「あー……む……ん……」

緩く秘所を刺激される。要の手を挟み込んで閉じていた腿《もも》が次第に緩み、腰が勝手に揺れてしまう。

——気持ちいい。

こんなことをしているのに、いまだに眠気の残滓《ざんし》が瀬那に纏《まと》わりついている。

要もそれはわかっているのか、いつもの激しさがない。ただゆるゆると瀬那の快楽を高めるように指を蠢《うごめ》かせる。

ふいに指の腹で、ざらついた蜜襞を撫で上げられる。瀬那の弱点をよく知っているその指で、ぱちんと音を立てて水泡が弾けるように快楽が弾けた。

瀬那は首を仰《の》け反《ぞ》らせて、背後の男の肩に後頭部を擦りつける。

瀬那の前髪を梳《す》き上げ、触れてくる男の手が熱い。

――ああ、ダメになりそう……溺《おぼ》れそう……

要の向けてくる恋情は、肌がひりつくほどに甘く濃い――

だからこそ、瀬那は時折、躊躇《ためら》いを覚えることがある。

それは男がくれる情が強すぎるということではなく、もっと欲しいと際限なく求めてしまいそうになる自分がいるからだ。

しかし要は、瀬那の躊躇《ためら》いなど吹き飛ばすように、いつも瀬那が求める以上のものを与えてくれる。

溺愛という言葉が脳裏を過《よぎ》って、瀬那はひとり動揺した。

「どうした?」

思わず体を丸めた瀬那に、要が不思議そうに声を掛けてくる。

「何でもない……」

そう答えて、瀬那はやっと閉じていた瞼《まぶた》を開けた。

吐息の触れる距離に、要の端整な顔が迫る。自分の体にのし掛かってくる男の広い背中を、抱きしめた。

鼻先が擂《す》り寄せられて、くすぐったさに笑う。

瀬那の首筋に鼻先を埋《うず》めた男が、安堵に似たため息を零した。

自分の匂いに安らぐような男の仕草が、瀬那の胸を甘く揺らす。

男の色の薄い髪に触れ、形のいい頭に沿ってその髪を梳《す》く。サラサラと指を通る感触が愛おしい。

そんなささやかで甘やかな接触に幸せを感じた。

「ん、んあ……」

濡れた場所に男の熱が擦りつけられて、瀬那の喉が期待にこくりと鳴った。

「はっ、あ……ああ……ん」

了承の言葉もないままに、押し入ってきたそれは、熱くて硬い。

瀬那の蜜襞は、甘いばかりの抵抗感だけで柔らかく蕩《とろ》け、男のものを受け入れる。

「きついか?」

問われて、瀬那は首を横に振る。

「ううん……気持ちいい……」

素直に答えて、男の背に腕を回して縋《すが》る瀬那に、要が満足そうに笑う。

「瀬那……」

要が瀬那の名前を呼ぶ。その声に宿る甘さが、瀬那の欲を煽《あお》った。

胎《はら》の奥が蠢《うごめ》いて中にいる男を締め付ける。肌をぴたりと合わせながら、要がゆっくりと動き出す。ゆるゆると蜜襞全体を撫でるような動きに、いつもの激しさはない。

彼と繋がった場所から、全身がとろとろに蕩《とろ》けていくような錯覚を覚えた。

満たされる喜びと安心感に、再び瀬那は瞼《まぶた》を閉じる。ゆらゆらと揺らされるまま、瀬那は熱っぽいため息を零した。

その吐息を奪うように、要が口づけてきた。絡め合った舌先に、背筋をぞくぞくしたものが滑り落ちる。

その瞬間、瀬那は自分が飢《う》えていることを自覚した。今まさに、自分は満たされていると思っていたのに、それは急速な飢餓感《きがかん》に取って代わられる。

「……もっと……」

「ん？」

「もっと……欲しい……」

繋がって蕩《とろ》けた場所が瀬那の欲望に忠実に蠢《うごめ》き、胎《はら》の中にいる男を締め付ける。

一度、自覚してしまえば、他のことなど考えられなくなる。背筋から爪先に向かって全身が騒《ざわ》めくような甘い疼《うず》きが走った。

瀬那は身悶《みもだ》えながら腰を揺り動かし、男の熱を煽《あお》る。

艶《なま》めかしく動く瀬那の動きに、吐息の触れる距離にあった男の瞳に獰猛《どうもう》な光が宿った。

「んん……んぅ!!」

一気に激しさを増した男の動きに、瀬那は背を仰《の》け反《ぞ》らせた。

叩きつけるような腰の動きに、瀬那の唇からひっきりなしに、甘い悲鳴が上がった。

男の乱れた呼吸が頬に触れる。自分に夢中になってくれていることに、瀬那の胸の中に喜びが満ちた。揺さぶられながら、互いの瞳を合わせて唇を重ねる。

男の与える快楽に溺《おぼ》れて、乱れる――

互いの体温が移ったシーツの波間で繋がった体を揺らし、どこまでも溶けて混ざって、ドロドロになる。

「もっと……」

うわごとのように何度もねだれば、わかっているとばかりに要が瀬那の指に自分の指を絡めて、動きを激しくする。二人共に、快楽の頂点を目指した。

「あ、あ……い、イク……っ」

胎《はら》の奥を強く深く突かれて、腰が崩れていくようだった。頭の中まで快楽に溺《おぼ》れながら、瀬那は達した。

不規則に動く蜜襞に搾《しぼ》り取られるように、要も瀬那の中に精を放つ。

快楽で滲《にじ》んだ視界の中、窓辺から射す光に白い天井《てんじょう》が乱反射して輝く様が綺麗だと思ったのが、その時の瀬那の最後の記憶だった――

真昼の甘い情事の後、瀬那が目を覚ましたのは、日差しが柔らかな黄金色《こがねいろ》に変わる夕暮れ時だった。

朝に干した洗濯物は、先に起きた要が取り込んでくれていた。

綺麗に畳まれたシーツや洗濯物の山を見て、瀬那は小さく笑う。

キッチンからは、夕食のいい匂いが漂《ただよ》ってきていた。昼と同様に要がその腕を振るっているのだろう。

気怠《けだる》い体をリビングのソファに預けた瀬那は、幸福感に満たされて胸にクッションを抱きしめる。

一年前には想像できなかったほど、今、自分たちは幸せだと素直に思った。

甘くて、怠惰《たいだ》な休日が、もうすぐ終わる――

〜大人のための恋愛小説レーベル〜

ETERNITY
エタニティブックス

装丁イラスト／唯奈

エタニティブックス・赤

御曹司は契約妻を甘く捕らえて離さない　神城 葵

十億円以上に及ぶ実家の負債を肩代わりするために御曹司・楓とのお見合いを受けた桃香。利害の一致から始まった結婚生活だったが、二人はぶつかり合いながらもお互いを理解し合い、夫婦として絆を深めていく。桃香はいつしか本当に楓を愛していると気づくが、そんな時に思いがけない離婚話が持ち上がって……!?

装丁イラスト／さばるどろ

エタニティブックス・赤

ラスベガスのホテル王は、落札した花嫁を離さない　水野恵無

ラスベガスへ傷心旅行に来た美緒。しかし悪い男に騙され、なんと闇オークションに出品させられてしまった。美緒を落札したのは、各国でホテルを経営している金髪碧眼の美青年・ウィリアム。仕事のために「妻」が必要らしく、契約結婚してほしいと言う。戸惑いながらも受け入れた美緒だけど、彼に溺愛されて!?

※エタニティブックスは大人の女性のための恋愛小説レーベルです。ロゴマークの色で性描写の有無を判断することができます（赤・一定以上の性描写あり、ロゼ・性描写あり、白・性描写なし）。

詳しくは公式サイトにてご確認ください。
https://eternity.alphapolis.co.jp/

この作品に対する皆様のご意見・ご感想をお待ちしております。

おハガキ・お手紙は以下の宛先にお送りください。

【宛先】

〒150-6008 東京都渋谷区恵比寿4-20-3 恵比寿ガーデンプレイスタワー 8F
（株）アルファポリス　書籍感想係

メールフォームでのご意見・ご感想は右のＱＲコードから、
あるいは以下のワードで検索をかけてください。

アルファポリス　書籍の感想　検索

ご感想はこちらから

傲慢社長《ごうまんしゃちょう》の嘘《うそ》つきな恋情《れんじょう》
～逃《に》げた元秘書《もとひしょ》は甘《あま》い執愛《しゅうあい》に囚《とら》われる～

桜 朱理（さくら しゅり）

2023年 12月 25日初版発行

編集－本山由美・森 順子
編集長－倉持真理
発行者－梶本雄介
発行所－株式会社アルファポリス
〒150-6008 東京都渋谷区恵比寿4-20-3 恵比寿ガーデンプレイスタワー8F
TEL 03-6277-1601（営業） 03-6277-1602（編集）
URL https://www.alphapolis.co.jp/
発売元－株式会社星雲社（共同出版社・流通責任出版社）
〒112-0005 東京都文京区水道1-3-30
TEL 03-3868-3275
装丁イラスト－夜咲こん
装丁デザイン－AFTERGLOW
（レーベルフォーマットデザイン－ansyyqdesign）
印刷－中央精版印刷株式会社

価格はカバーに表示されてあります。

落丁乱丁の場合はアルファポリスまでご連絡ください。

送料は小社負担でお取り替えします。


ISBN978-4-434-33080-3 C0093